D1731137

Eleonore Frey

DAS HAUS DER RUHE

ERZÄHLUNG

Literaturverlag Droschl

DER PLAN

Früher war ich alt. Jetzt geht es besser. Ich bin angekommen, wo der Fluss ins Meer mündet. Die Uhr in meinem Kopf geht im Takt von Ebbe und Flut. Weisst du, wozu der Mond gut ist? fragt mich ein Kind. Meine Antworten werden der Frage nicht gerecht. In meinem Kopf ist Durchzug. Das ist wie in China, wo in den offenen Giebeln der Holzhäuser die Vögel nisten. Die wissen nicht, was Ruhe ist, sagt Fritzi. Ruhe ist, wo man sie nicht sucht. Ruhe! schreit der nebenan und hämmert mit den Fäusten an die Wand.

Das Bett steht gleich neben der Tür. Zu meiner Linken hängt ein Kruzifix an der Wand. Gleich daneben ist die Wand durchsichtig. Ja, ich weiss, was ein Spiegel ist. Mein Spiegel hängt schief. Das kommt vom Erdbeben. Auch dass meine vier Wände mehr und mehr aus den Fugen gehen. Wenn ich bei Trost bleiben will, muss ich mir etwas einfallen lassen. Und vor allem keine Angst haben. Gestern war das Licht im Spiegel heller als sonst. Das ist nicht gut, das ist nicht schlimm.

Draussen im Hof ist Lärm. Wenn das Fenster offen ist, kann ich vom Bett aus durchs Fenster ein Fenster sehen. Im Fenster, das vor meinem Fenster steht, bricht sich ein Sonnenstrahl. Die Sonne selber sehe ich nie. Am oberen Bildrand ist ein Stück Himmel. Dort kommt das Wetter her. Heute ist es bunt wie noch nie. Was kann ich mir davon erhoffen? Die Frage ist ein Rückfall. Ich muss neue Fragen finden. Ob ich selber eine Frage bin?

Besuch! sagt Fritzi. Sie ist böse, weil ich Jimmy nicht sehen will. Ja, ich weiss, er ist nur auf einen Sprung hier. So waren Sie doch auch einmal, sagt Fritzi. Sie weiss nicht wovon sie spricht. Nichts ist Ihnen recht, sagt Fritzi und reisst das Fenster auf. Hören Sie, wie es stürmt? fragt sie mich. Wenn du wüsstest, sage ich ihr. In meinem Kopf stürmt es Tag und Nacht. Auf die Dauer kann das kein Anker aushalten. Es war einmal, da fuhr ein Schiff, das sich losgerissen hatte, stracks über den Horizont hinaus ins Nichts.

Ich bin auf hoher See. Rundum ist Licht. Unter mir geht es in die Tiefe. Man sagt, dass Jonas im Bauch des Wals Ausblick hatte auf die Meerwunder, die draussen vorüberzogen. Es kommt einer und schraubt das Bullauge zu. Im Finstern bin ich einem Wissen auf der Spur, an das ich nie auch nur im Traum gedacht habe. Wie der Traum zuende ist, halte ich es in der Hand. Der Traum ist nicht zuende. Haben Sie keine Angst vor dem Tod, fragt mich der, der mit mir auf der Schwelle des Traums steht. Wer in diesen Breitengraden ins Wasser fällt, ist tot, bevor er weiss, dass er fiel, sagt der Kapitän. Manchmal denke ich, ich bin tot und habe es nicht bemerkt.

Ein Fisch ist kein Vogel, sagt Fritzi. Das gilt schon seit dem Sündenfall. Ich habe da so meine Zweifel. Die Wahrheiten haben ausgedient. Flüsse stocken und fliessen rückwärts ihren Quellen zu. Es kommt vor, dass Fische sich auf dem Grund des Meers flachlegen und ratlos ihre beiden Augen gegen den Himmel richten. Gestern ging mir eine Tasse in Scherben, zerbrach mir die Welt. Was in Trümmern liegt, ist einerlei. Damit muss ich fertig werden. Nie werden Sie fertig mit ihrem Bild, sagt Fritzi. Ich habe Zeit bis knapp vor nie.

Hinter dem Haus vor meinem Fenster fängt die Fremde an. Dort wachsen die Urwaldtannen. In ihrem Schatten schlafen Jahrtausende. Ich gebe acht, dass ich sie nicht aufwecke, wie ich nun in den Wald hineingehe. Wo geht es hier weiter? fragt mich einer, der nicht weiter weiss. Ich weiss nicht vorwärts und nicht zurück. Mit Worten kann man der Sache nicht beikommen. Ob wir darum so oft mit unseren Gedanken zu den Tieren gehen?

Bei ihnen finden wir wollig federleichte Wirrnis. Wer möchte dort nicht unterkriechen. Komm zu mir in den Bau, ruft der Fuchs.

Wenn ich Blumen sehe, wird mir hell, sagt Fritzi und stellt einen Strauss Tulpen auf meinen Tisch. Ich denke an den Mohn, den ich einmal auf einem Grab habe liegen sehen. Das Fenster ist blind vor Eisblumen. Warum, warum nur scheinen uns die Blumen so wunderbar? Man muss nicht alles wissen wollen. Nicht nur über die Blumen. Ich staune, sagte meine Mutter, als sie starb. Als ich ihr eine Rose zum Riechen gab, runzelte sie die Stirn. Die Tulpen dort drüben, stell sie weg, sage ich zu Fritzi. Mach das Fenster auf, sage ich. Im Haus gegenüber ist noch Licht.

Das Haus, in dem ich vor meiner Geburt wohnte, habe ich verlassen müssen. Seither ziehe ich von einer Unterkunft zur andern. Auch das Haus der Ruhe ist nicht das Ende. Wenn es hier zuende geht, werden wir in die Häuser des Himmels übersiedeln, sagt der Herr Direktor. Dort wohnen auch die Sternbilder. Über ihnen öffnet sich der leere Raum. Wo immer er aufhört, fängt er auch gleich wieder an. Mir wird schwindlig, wenn ich daran denke. Wo ich nicht mehr weiterdenken will, denke ich mir das, was nicht auszudenken ist. Das war für mich früher, als ich noch alt war, die Milchstrasse. Jetzt weiss ich, dass es keine Adresse hat.

DAS HAUS

1. Ich trete ein

Früher war ich alt. Die Zeit zog mir den Boden unter den Füssen weg. Die Fundamente gaben nach. Mein Wille zeigte der Angst die Zähne und war doch machtlos gegen den Zerfall. Als mir beim Versuch auszubrechen und in die Stadt an den Puls des Lebens zu fahren, der Stationsvorstand, indem er die Hand ans Schild seiner Dienstmütze legte, sagte: Sie haben den Zug versäumt, gab ich ihm zur Antwort: Ein für alle Mal! Drehte mich um, ging zurück in meine Wohnung, packte eine Tasche mit dem Nötigsten und machte mich auf den Weg zum Haus der Ruhe. Dort wohnen die, die nicht mehr mitkommen. Dort gibt es keinen Fahrplan. Dort war mein Ort.

Jetzt geht es besser. Wo ich jetzt wohne, ist, wie es der Name des Hauses sagt, Ruhe das höchste Gebot. Das steht auch über dem Eingang. Als ich, ausser Atem von der Anstrengung meines Entschlusses, noch kaum erst die Klinke berührt hatte, ging auch schon die Tür auf. Ich wurde in Empfang genommen von einer Frau, die eine Dienstmütze trug. Nicht schwarz wie die des Stationsvorstands, sondern grau. Noch bevor ich mein Anliegen vorbringen konnte, bekam ich Filzpantoffeln an die Füsse gezogen. Auch wenn die Frau mit der Dienstmütze sich dazu auf die Knie niederliess, war kein Zweifel, dass sie mir über war. Als sie sich wieder erhoben hatte, legte sie den Finger an die Lippen und gab mir einen Stoss in den Rücken. Das hiess: Geh! Als ich mich nicht gleich in Gang setzte, wurde ich geschoben. Auf leisen Sohlen glitt ich den Flur entlang, was nicht unangenehm war.

Und wie die Dielen glänzten. Ich bewegte mich auf eine Glastüre zu, die sich im Boden spiegelte und hielt das für einen Abgrund. Aber ich kam mittendrin zum Stillstand, ohne dass ich Schaden nahm, und hinter mir die Frau, die mich jetzt losliess und ohne anzuklopfen die Tür aufriss: Ein neuer Gast, sagte sie obwohl ich noch immer keine Gelegenheit gehabt hatte, mein Anliegen vorzubringen. Und, zu mir gewendet: Das ist der Herr Direktor. Worauf sie sich empfahl. Treten Sie näher, sagte der Herr Direktor ohne Gruss, ohne sich zu erheben. Und dann nichts. Ich blieb stehen. Er hielt eine halbvolle Flasche gegen das Licht, stellte sie weg und schrieb etwas in ein Heft. Ich blickte mich nach einem Stuhl um. Der Herr Direktor blickte an mir vorbei zum Fenster hinüber. Ich wurde ungeduldig und öffnete den Mund, um mich zu beschweren. Gleich, sagte er noch bevor ich einen Laut über die Lippen gebracht hatte. Und dann, als ich etwas sagen wollte von nicht mehr länger warten wollen: Was wollen Sie denn hier? fragte er. Auf den Tod warten, sagte ich. Und er: Nun ja, Sie warten. Ob auf mich oder auf den Tod ist einerlei. Das war richtig in einem gewissen Sinn. Aber auch wieder nicht. Ich habe nicht mehr viel Zeit, sagte ich. Sie haben gar keine Zeit mehr, sagte er. Mit der Zeit ist hier Schluss. Zum Beweis zog er eine Uhr aus der Tasche. Ich sollte sie mir ans Ohr halten. Was ich tat. Ich hörte nichts. Da ohnehin längst die Uhren, die man ticken hört, zum alten Eisen gehören, war ich nicht beeindruckt. Und: War das nicht genau, was ich wollte? Schluss machen mit der Zeit? Kalender sind hier verboten, sagte der Herr Direktor, als ob sich das nicht von selbst verstünde, und wenn sie eine Uhr haben, müssen Sie sie jetzt abgeben. Ich trug seit Jahren keine Uhr mehr, wollte aber, widersprüchlich wie mir zumut war, auf Widerspruch nicht verzichten. Ich habe meine Uhr im Kopf, die können Sie mir nicht wegnehmen, sagte ich. Er schwieg und blickte mich scharf an. Ich nahm an, unser Gespräch sei hiermit an sein Ende gekommen und wollte gehen. Zimmer 37, sagte er dann aber, als ich schon bei der Tür war, was wohl hiess, dass ich die Prüfung bestanden hatte. Das musste ein Missverständnis sein wie alles, was mir je im Leben die Wege geebnet hat. Ich versuchte, Klarheit zu schaffen. Er hörte nicht zu und drückte auf eine Klingel, worauf die Frau mit der Dienstmütze wieder hereinkam. Ich heisse Frau Klemm, sagte sie jetzt, wo es ihr der Mühe wert schien, sich näher mit mir bekannt zu machen. Mein Name ist … sagte ich. Sie liess mich nicht ausreden. Ihr Name interessiert hier nicht, sagte sie und brachte mich in mein Zimmer. Was sollte ich tun. Es ging seinen Gang. Das Zimmer, das mir zugewiesen wurde, war klein und kahl. Hoch über meinem Kopf krümmten sich die Wände zum Gewölbe. Vom Scheitel der Spitzbogen hing an einer Schnur eine Lampe herab. Es stand ein Bett drin, ein Tisch und ein Stuhl: Eine Zelle! sagte ich. Und: Das habe ich mir schon immer gewünscht. Worauf Frau Klemm fragte: Ist das wirklich wahr?

Ich bin angekommen, wo der Fluss ins Meer mündet. Das ist es, was der Herr Direktor meint, wenn er darauf besteht, dass es hier vorbei ist mit der Zeit: Dass zum Stillstand kommt, was bis anhin seinen Gang ging. Ich nämlich. Und dass ich mich verlieren muss an ein anderes, das ich nicht bin. Ist das so schlimm? Es ist nicht so lange her, dass ich gesehen habe, wie sich ein Fluss ins Meer ergiesst; wie sein Wasser eingeht in die grosse Flut und sich mit ihr mischt. Der Fluss war kaum mehr als ein Bach. Sein Wasser rann, sich über die ganze Bucht hinweg verbreitend, durch enge Rinnsale in Windungen durch den Schlick. Spuren gingen durch den nassen Sand. Krabben eilten hin und her. Kieselsteine, Muscheln, Knochen, Holzstücke hatte das Meer am Strand zurückgelassen; da und dort einen Fetzen Tang: ein Stillleben, das nun mit einem Mal als Bild vor mir an der Wand steht. Zögernd lasse ich mich darauf ein. Trete mit beiden Füssen in die Pfütze, in der ein Stück Himmel liegt. Der verschwindet, wie ich nun durchs Wasser wate, weitergehe; tiefer und tiefer in die Wand hineingehe; hinein, hinaus bis wo – eine glitzernde Fläche – weit draussen das offene Meer liegt. Bis wo mir der Wind ins Gesicht weht; der Wind, der nun stärker wird, auf mich zukommt, mich beinahe umwirft … So wars in Irland am Strand, und ich sitze auf meinem Stuhl und blicke durch die Wand hindurch aufs Meer hinaus. Schaue über das Wasser nach Amerika hinüber, wo ich damals mit Jimmy … Schaue den Kindern zu, die am Strand Sandkuchen backen und Sandburgen bauen. Schaue zu, wie nun Jimmy, mein Enkel, einem kleinen Mädchen mit rotem Haar seine Schaufel wegnimmt und es ihm seinen Eimer. Staune, wie dann die beiden einhellig eine Brücke bauen über den Atlantik, über die Zeit hinweg, die sie trennt; Jimmy damals auf Cape Cod, das Mädchen erst kürzlich, als ich in Irland am Strand war … Und wenn nicht jetzt die Tür aufgegangen wäre in der weissen Wand, die mein Meer ist, wer weiss, ob nicht auch noch das Kind hätte mitspielen dürfen, das ich draussen vor dem Fenster schreien höre, und ich selber, als ich ein Kind war … Ihr Essen bitte, sagt eine junge Frau mit rotem Haar und stellt ein Tablett vor mich hin auf den Tisch. Mein Name ist Fritzi, sagt sie, wie sie mir nun den Tee eingiesst. Das glaube ich nicht, hätte ich beinahe gesagt und sage: Eben war ich noch am Meer. Mahlzeit! sagt Fritzi. Da war doch eben noch ein kleines Mädchen mit rotem Haar, sage ich. Ob ich noch etwas brauche? fragt mich die, die sagt, dass sie Fritzi heisst, und sieht doch gar nicht so aus. Hört sie mich nicht? Die will nur hören, was zu ihrem Job gehört, denke ich. Und sage: Ja, ich brauche. Und weiss nicht, was. Heissen Sie wirklich Fritzi? frage ich, um Zeit zu gewinnen. Und dann: Waren Sie schon am Meer? Auch das ist nicht, was ich eigentlich sagen will. Aber die, die behauptet, dass sie Fritzi heisst, und schon längst sein müsste, wo jemand klingelt und keine Ruhe gibt, lässt sich immerhin auf die Frage ein: Als ich ein Kind war, sagt sie. Irgendwo in Irland war das. Sagt sie und geht. Das kleine Mädchen, das ich am Strand gesehen habe, hiess nicht Fritzi. Das weiss ich genau. Sondern. Das kleine Mädchen heisst Maureen, fällt mir da ein. Das ist zwar nicht wahr, wie ich genau weiss, sondern das habe ich eben erfunden. Aber ich bin zufrieden damit. Das passt gut, denke ich, und wenn Maureen ein paar Jahre älter ist, sieht sie aus wie Fritzi. Die wohl wirklich Fritzi heisst und sie selber ist. So muss es sein.

Die Uhr in meinem Kopf geht im Takt von Ebbe und Flut. Hin und her; in Wellen bald alles aufs mal, bald fast nichts als da ein Fisch, der aus dem Wasser springt, und dort, weit draussen, ein Schiff, das den Horizont setzt: Wo ich bin? Ich bin es selber. Das Meer. Bin ein Lichtblick hier, eine Finsternis da. Wie er will, schlägt der Blitz ein ins Vergessen oder nicht; beleuchtet er eine Landschaft, ein Gesicht; ein Unverhofftes, das sich erklärt oder unerkannt gleich wieder entzieht. Bevor ich hier ein- und aus der Zeit austrat, hatte jedes Ding seinen Platz, seinen Namen. Ich selber hatte meinen Platz; zwischen dem, was war, und dem, was noch aussteht, eingeklemmt im Jetzt. Jetzt bin ich frei. So frei wie: Gestern riss die Schnur, an der Fritzi ihre Talismane um den Hals trägt, und wie da alles in alle Richtungen kollerte; über den Tisch und über den Rand hinab unters Bett und in die tiefsten Ritzen … Ich lachte. Und wie! So lacht die Sonne. Ins Blaue hinein. Auch hinter den Wolken. Und, wenn sie untergegangen ist, tief im Meer. Warum lachen Sie? fragte Fritzi. Sie war ungehalten. Eins ums andere sammelte sie auf, was ihr zu Füssen lag: ein Kreuz, ein Kleeblatt, einen Schlüssel; sieben bunte Kugeln und eine Locke unter Glas. Eben riss die Schnur, an der mein Leben hing, sagte ich; der Reihe nach ein Tag, ein Jahr nach dem andern, wie es im Buch steht. Und wie mir jetzt alles zu Füssen liegt; bunt durcheinander. Irgendetwas. Irgendwie. Oder nichts. Was eine Finsternis sein kann. Oder ein Verstummen. Oder wirklich nichts. Bis zum nächsten Blitz … Das war gestern. Das war, als ich ein Kind war und beim Beten den Faden verlor. Das ist jetzt, wo mir ist, ich käme nächstens erst auf die Welt und müsse von neuem sprechen lernen. Die Uhr in meinem Kopf geht nicht. Sie springt. Sie ist nicht eine Uhr, sondern eine Unruhe. Ebbe und Flut? Eine Suppe, die überschwappt, wenn der Tisch wackelt. In meiner neuen Sprache ist ein Wort ein Augenblick und ein Satz ein Stern.

Weisst du, wozu der Mond gut ist? fragt mich ein Kind. Es ist das Kind, das ich manchmal im Hof schreien höre. Es heisst Max. Das mit Ebbe und Flut ist nicht, was Max hören wollte. Ich habe es ihm wohl auch nicht wirklich klar machen können. Erklärungen sind nicht meine Stärke. Die überlasse ich lieber dem Gang der Dinge. Oder einer Erleuchtung. Warum nicht durch den Mond? Was Max aber nicht einleuchtet. Auch nicht, dass die Hunde den Mond brauchen, um ihn anzubellen und die Dichter, um ihn zu besingen. Wozu er gut ist für uns, will er wissen. Für dich, für mich; wie die Schuhe für etwas gut sind und die Taschenlampe. Als Nachtlicht? schlage ich vor, was mir ebenso nützlich scheint wie eine Taschenlampe. Man kann sich auf ihn nicht verlassen, sagt Max. Einmal kommt er, einmal nicht. Zum Anschauen? sage ich Zum Hineinbeissen? Zum Anspucken? Zum Süchtigwerden? Zum … Max ist längst weggelaufen. Zum Verrücktwerden ist der Mond, schreie ich ihm nach. Der Mond steht am Himmel, wie ich mich nun von meiner Aufregung zu erholen versuche. Unangefochten. Er ist rund und schön.

Meine Antworten werden der Frage nicht gerecht. Der Mond hat Löcher. Beim einen hinein und durch gewundene Gänge bei einem andern wieder heraus: Ein Maulwurf ist nicht emsiger als ich, wie ich nun noch und noch einmal versuche, im bisher Unbedachten den Nutzen des Mondes zu ergründen. Bis mich ein Brief, der mit der Angelegenheit eigentlich nichts zu tun hat, auf den Gedanken bringt, dass die Frage falsch gestellt ist: Zett ist aus der Welt gegangen, hat mir seine Witwe, meine Tochter Ada, geschrieben. Was alles in allem das beste ist, was er je getan hat, Stein auf meiner Seele, der er war, schreibt sie mir, und ich, obwohl nicht überrascht, denn ich bin dergleichen von ihr gewohnt, kann doch diesmal meine Entrüstung nicht für mich behalten und schreibe ihr auf der Rückseite der Hausordnung, die man mir zum Lesen gegeben hat, dass weder Zett noch der Mond noch irgend etwas dazu da ist, dass es gut ist für sie oder irgendwen; dass der eine wie der andere wie überhaupt jede Kreatur das Recht hat, mondhaft nichts als zu leuchten oder zu schweigen wie und solange er will oder sie; for the birds, wie die Amerikaner sagen; in die leere Luft hinaus zu leben, dorthin sich zu verflüchtigen, wo das Meer an den Himmel stösst und der Tag an die Nacht ... Was tun Sie nur? fragt Fritzi, die hereinkommt, wie ich, kaum ist er fertig, meinen Brief zerreisse und die Hausordnung zerstöre. Ich schneie, sage ich, wie Fritzi die Fetzen aufhebt. Ich bin der Frühling, sagt Fritzi, und weg ist der Schnee. Worauf ich zum Kirschbaum werde, der eben seine Blüten in den Wind geworfen hat, und Fritzi wird zum Regenguss, und ich zum Gras, das aus dem Boden schiesst, und sie zur Amsel: Das ist, was ich ein gutes Gespräch nenne. Zur Sache, und kaum ist sie gesagt, steht sie auch schon im Raum und tut ihre Wirkung. Fritzi öffnet das Fenster und schüttelt das Kissen aus. Draussen schreit ein Vogel. Der Schrei fliegt über das Dach in den Himmel. Der hat kein Dach. Seine Bläue ist ein Irrtum. Eigentlich ist er nichts.

In meinem Kopf ist Durchzug. Nicht nur von Gedanken. Einiges von dem, was mir durch den Kopf geht, trägt Stiefel und tritt dementsprechend auf: mit Getöse und mit Anspruch auf Beachtung. Und mit all dem, was sich noch nebenbei und verstohlen auf Samtpfoten ein- und vorbeischleicht, wird mir schliesslich zuviel, was auf mich einstürmt; Zumutungen, und jede einzelne hält sich für die einzige auf der Welt. Die Mühsal rührt davon her, dass es im Haus der Ruhe keine Kalender gibt, die sagen, was ist, was war und was noch kommt. Was dazu führt, dass sich hier alle Zeiten gleichzeitig einfinden können, wenn es ihnen so gefällt; dass sie mir bisweilen alle miteinander um die Ohren wehen, schärfer als jeder Biswind, und wohin soll ich mich retten vor so viel Betrieb. Wie sich nun auch noch der Herr Direktor einschaltet und uns, wie er es jeden Abend zu unserer Erbauung tut, durch den Lautsprecher Mut zum Tod unserer Zukunft und zur Zukunft im Tod zuspricht, und ich kann dagegen nichts machen, gar nichts, möchte ich mich am liebsten unter der Decke verkriechen. Was auch nicht zu machen ist, weil Fritzi gerade das Bett zurecht macht für die Nacht und ausnahmsweise keine Geduld hat mit mir.

Das ist wie in China, wo in den offenen Giebeln der Holzhäuser die Vögel nisten, sage ich zu mir selber, wie ich nun endlich unbehelligt im Finstern liege; vor mir eine lange Nacht, die ich nicht nur zum Schlafen, sondern auch für meine allereigenste Angelegenheit nütze: die Arbeit an meinem Haus. Das ist eine Aufgabe, die ich sehr ernst nehme, obwohl das, was ich Nacht für Nacht mit Geduld und Eifer vorantreibe, mich nicht über- dauern wird. Es ist ein überaus zerbrechliches Gebilde. Einmal nenne ich es ein Vogelnest, ein anderes Mal ein Kartenhaus. Aber eigentlich ist es beides nicht, sondern es ist einmalig: kein Haus, kein Nest, kein Zelt; nicht aus Holz, nicht aus Flaum, nicht aus Seide. Wenn ich nun sage, dass ich es statt aus einem bestimmten zweckmässigen Material aus all dem herstelle, was mir Nacht für Nacht in den Sinn kommt, zum Beispiel aus einem Sonntagsspaziergang und einer Seifenblase und irgendetwas, ist das zwar zutreffend. Aber man darf es doch nicht wörtlich neh- men. Denn das, was sich mir als Sonntagsspaziergang meldet, war in einer andern Hinsicht eine Qual, und eine Seifenblase kann man auch als eine lautlose Explosion erfahren und irgend etwas als irgend etwas anderes. Das heisst, dass meine Bausteine eigentlich keine sind, sondern eher so etwas wie da ein Licht und dort ein Schatten; dazwischen einmal eine Lücke und ein anderes Mal … Es läutet. In meinem Kopf, muss ich zwecks Vermeidung von Missverständnissen beifügen. Hallo? Es meldet sich Blau, der, obwohl vor Jahren verstorben, doch noch einen direkten Draht hat von dort, wo er ist, bis zu mir, wo immer ich bin. Ich erzähle ihm, woran ich arbeite und wobei ich mich noch so gern von ihm stören lasse, und er erzählt mir, angetan von meinem Bau, von der Laubhütte, in der er als Kind mit seiner Familie im Herbst das Erntedankfest gefeiert hat. Ein Zuhause war das, sagt er, das man aufbauen und wieder verschwinden lassen konnte im Nu, wenn sich in Kriegs- oder anderen widrigen Umständen ein rasches Verschwinden empfahl. Und, fügt er bei, sie schützte zwar nicht vor kühlen Nächten, aber ich liess es mir doch nicht nehmen, drin zu übernachten. Mein Hund blieb bei mir, erzählt er mir, und hielt mich warm. Obwohl ich kaum je mit Laub baue – freilich kann auch das einmal vorkommen – meint doch die Laubhütte genau das, was ich will mit meiner nächtlichen Bauerei: Erinnern an die Ernte eines Lebens, Disteln inbegriffen. Wem immer zum Dank.

Die wissen nicht, was Ruhe ist, sagt Fritzi, wie sie mir das Frühstück auf den Tisch stellt. Sie meint die Spatzen, die im Wettbewerb um den höchsten Ton beinahe ihre Welt, die ein Fliederbusch ist, zum Bersten bringen. Ich pflichte ihr bei und meine die Schritte, die ich nach Mitternacht auf dem Flur gehört habe. Hin und her gingen die, nicht laut, aber auch nicht in Filzpantoffeln; bald schneller, bald langsamer, und fanden keinen Ausweg. Soll ich Fritzi davon berichten? Ist das etwas, das man melden muss? Und, als ich zögere: Was ist mit Ihnen? fragt sie, die eine von denen ist, die das Gras wachsen hören und ahnen, was man nicht sagt. Hat Ihnen schlimm geträumt? So vergeistert wie Sie ausschauen … Weiss nicht, sage ich. Denn wer weiss, ob nicht die Träume hier in diesem doch eher ungewöhnlichen Haus etwas ganz anderes sind, als was ich bisher für Traum hielt: Wesen mit Füssen vielleicht; Boten aus anderen Zeiten oder auch – bereits kaum mehr erkennbar für uns in ihren unvorhersehbaren Gangarten – die Schritte unserer letzten, rasch dahingehenden Stunden und Minuten. Es war kein Traum, sage ich. Eher ein Tanz, Schritte im Takt der Jugend … Fritzi blickt mich an. Sagt nichts. Sagt lange Zeit nichts, und schliesslich: Das hören hier alle dann und wann, und wenn sie dann nachschauen gehen, ist niemand da; nur vielleicht ein vertrauter Geruch, das Echo einer vertrauten Stimme … Mir würde im Traum nicht einfallen, nachzuschauen. Ich weiss genau, was die Schritte sind, sage ich zu Fritzi. Nur dass ich mich zur Zeit nicht erinnere. Umso besser, sagt Fritzi. Eine Frechheit, die ich mir verbitte. Als ob ich die Erinnerung fürchten müsste! sage ich entrüstet, wenn das auch nicht die ganze Wahrheit ist. Denn obwohl ich im allgemeinen mit Erfolg alles Unangenehme immer gleich zur Seite schiebe, wenn es mir einfällt, bleibt doch immer ein Fleck, gegen den ich nicht ankomme. Mahlzeit! sagt Fritzi und lacht.

Ruhe ist, wo man sie nicht sucht. Das schreie ich laut dem Lautsprecher entgegen, wie er nun zur Ruhe mahnt mit einer Stimme, die nicht die des Herrn Direktors ist, wenn auch dieser seiner Stimme zum Verwechseln ähnlich. Zum Verwechseln ähnlich, weil es wirklich die Stimme des Herrn Direktors ist; nur eben nicht wirklich, sondern: Bald einmal habe ich bemerkt, dass es oft nichts als ein Tonband ist, das uns bei Bedarf die richtige Bahn anweist; eine endlose Schlaufe, in der Wörter wie Ruhe, noch einmal Ruhe, Stillstand, Wahrheit, Tod in verschiedenen Tonlagen, mehr oder weniger gedehnt, immer wiederkehren und dazwischen, abgesehen von den gewissen Nebengeräuschen des Apparats, nach Belieben alle die Formeln, die es braucht, um das Reden in Gang zu halten. Dieses Band läuft, wie ich jetzt weiss, immer dann, wenn der Herr Direktor verhindert oder, weil er zu tief in die Flasche geschaut hat, unpässlich ist; immer zu laut für mich, wo ich nur schon die Stimme des Herrn Direktors kaum ertrage, und was er sagt erst recht nicht. Seit heute bin ich in der glücklichen Lage, dass ich dieser widersinnig im Haus der Ruhe installierten Ruhestörung nicht mehr ausgeliefert bin. Dank Fritzi, die es unter Umgehung der ihr gelinde gesagt unsympathischen Frau Klemm in meine Zelle eingeschmuggelt hat, bin ich im Besitz eines Radios, das mir hilft, die Übergriffe auf meine Ruhe abzuwehren, wenn es mir zu viel wird. Lärm gegen Lärm, das ist die Lösung, stelle ich fest, wie ich nun eine Kakophonie von nicht assortiertem Schlagzeug voll aufdrehe. Und gleich auch, dass sie leider nicht von Dauer ist. Denn:

Ruhe! schreit der nebenan und hämmert mit den Fäusten an die Wand. Das ist der Kapitän.

2. Meine vier Wände

Das Bett steht gleich neben der Tür. Ich drin: Hoch auf dem gelben Wagen singe ich, fahre ich; hoch auf der schwankenden Fuhr, Heu im Haar, einen Kitzel in der Nase, fahre ich durch die Felder. Wie heiss es ist! Durchs Dorf jetzt, am Brunnen vorbei; unter der Linde hindurch, den Ästen, die der Wagen mit seiner Ladung zur Seite drängt und die gleich wieder zurückschnellen: Die Linde blüht. Das Licht zittert. Staub hängt in der Luft im Raum des ein Menschenleben weit entfernten Sommers. Die Schwalben fliegen tief. Menschenleer, denn es ist Mittag und alle sind beim Essen, beruht der Dorfplatz auf sich selbst. Wie nun der Wagen durchs Scheunentor in die Tenne einfährt, kräht kein Hahn danach. Wohl aber müht sich bellend der Hofhund, der an seiner Kette zerrt. Wiehern die Pferde, die nah am Stall in Jubel ausbrechen und die Stille zum Platzen bringen. Und ich. Liege im Bett. Hoch auf dem Wagen. Er ist nicht gelb. Im kühlen Dunkel liege ich, wo endlich der Wagen stillsteht mit seinem Fuder, und ich muss hinab, weil jetzt gleich von allen Seiten die Gabeln ins Heu fahren, es auseinanderzerren, auf den Heuboden werfen, bis sie dem Wagen auf Grund und Boden kommen, und es wäre nichts mehr da als das harte Holz, wenn es so wäre, wie ich es erinnere, und ich müsste oben auf dem Heuboden das Heu festtreten helfen, denn der Berg ist viel zu hoch ... Mitten im Heu müsste ich niesen, husten, ersticken. Wenn. Und auch wenn nicht: Ich huste. Liege im Bett. Läute. Läute Sturm, wie niemand kommt. Läute umsonst. Der Sturm legt sich. Als ich einmal als Kind über den Heuboden ging, was streng verboten war, trat ich mit dem linken Fuss in eine Lücke zwischen zwei Brettern. Das war ein Fehltritt. Er liess sich nicht verbergen, denn ich hatte mir an einem Nagel den Strumpf zerrissen. Der Kratzer am Bein blutete. Ich wusste nicht, was tun, und setzte mich ins Heu. Als man mich rief, hielt ich mich still. Ich war unsichtbar.

Ich war ein Loch und hatte Hunger. Als man mich schliesslich fand, wäre mir lieber gewesen, man hätte mich vergessen, so sehr war mir angst vor der Strafe. Die war dann nicht so schlimm; nur ohne Essen ins Bett.

Zu meiner Linken hängt ein Kruzifix an der Wand. Es war schon hier, als hier die Nonnen hausten und später, hinter den vergitterten Fenstern, die Irren, die Verbrecher. Es zeugt von einer Zeit, in der es hier noch einen Kalender gab, der in Gottes Namen die Zeit zerlegte in die Zeit vor der Geburt des Gekreuzigten und die danach; in heilige und andere Jahre, in Feier- und Werktag; nach der Sonne, nach dem Mond. Es ist sehr alt. Über das Haupt, die Glieder des Schmerzensmannes fliesst Blut. Er steht, auf schwarze Balken gespannt, vor einem rötlich untermalten Goldgrund, der seinen Tod ins ewige Licht setzt. Eher als dass er erschreckt, lädt er ein zum Rückzug in die Trauer. Die fürchte ich, vor allem in der Nacht. Damit er mich nicht hinüberzieht in den Schatten hinter seinen geschlossenen Lidern, drehe ich ihn, wenn ich schlafen will, mit dem Gesicht zur Wand.

Gleich daneben ist die Wand durchsichtig. Das kommt mir gelegen. Nebenan wohnt, wie gesagt, der Kapitän. Wenn er sich mir fürs erste auch nur mit seinem Gepolter und mit einem gelegentlichen Knurren empfohlen hat, das ebenso von ihm wie von einem Hund herrühren kann, bin ich auf ihn doch neugierig. Einmal, weil er von Frau Klemm persönlich betreut wird und niemand sonst darf ihm in die Nähe kommen. Dann auch, weil er die Welt kennt. Voll von Geschichten muss er sein, bis zum Rand. In der Hoffnung auf Durch- und Einblick zum und in den Kapitän setze ich mich jener Wand gegenüber auf meinen Stuhl. Das Zimmer, in das ich hineinsehe, ist gleich wie meins und doch nicht wie meins. Den Schrank, der hier in meinem Rücken steht, habe ich dort vor mir. Das Fenster zu meiner Linken liegt der Gestalt, die drüben mit dem Schrank im Rücken im Stuhl sitzt, zur Rechten, und die Gestalt, im Nachtgewand, sieht mir in jeder Hinsicht so ähnlich, dass man glauben könnte, sie sei ich. Dennoch, ich beharre darauf, ist es der Kapitän, der dort sitzt und mich nicht anblickt. Das Gesicht dort drüben liegt im Dunkeln. Es lässt sich nur vermuten und kann daher ebensogut seines sein wie meins. Dass mein Gegenüber auch jedesmal mit dem Kopf nickt, wenn ich mit dem Kopf nicke, kann eine blitzrasche Antwort sein. Oder ein Zufall, der eigentlich beinahe keiner ist: Was bleibt einem hier in seinen dürftigen vier Wänden anderes zu tun, als mit dem Kopf nicken oder ihn schütteln oder auf die Brust sinken lassen. Das, und Hand und Fuss bewegen, einmal links und einmal rechts, und schliesslich aufstehen und vom Stuhl zum Bett hinüberwechseln, wenn man vom Sitzen genug hat. Damit hat sichs, wenn nicht gerade Essen oder Spaziergang ist. Dass man sich bei derart beschränkten Möglichkeiten nicht immer aus dem Weg gehen kann, liegt auf der Hand. Jeder und jede kann ebensogut Kapitän sein wie alte Frau, wenn das alles ist, was man von uns verlangt, sage ich zum Kapitän, der eifrig nickt, wie ich auch. Wie ich jetzt näher ans Glas heranrücke, damit ich ihn besser sehen kann, tut er das auch. Beinahe hätten wir uns unversehens geküsst, wenn nicht …

Ja, ich weiss, was ein Spiegel ist, sage ich, wie ich nun einen Luftzug spüre und feststelle, dass jemand in meinem Zimmer Licht macht. Unter der Tür steht Frau Klemm, die zusieht, wie hier eine, die es in ihrem Alter besser wissen müsste, Unsinn treibt. Und das in Richtung Kapitän, der ganz und gar ihr Besitz ist, auch wenn sie das im Klartext nicht sagt: Frau Klemm also erhebt Einspruch gegen mein Interesse an ihrem Kapitän, indem sie schweigt. Und ich: Ja, ich weiss, was ein Spiegel ist, halte ich ihrem stummen Vorwurf entgegen; der Spiegel ist dazu da, dass man sich sieht, wie man nicht ist, sage ich zu Frau Klemm, die inzwischen die Tür geschlossen und sich vor mir aufgepflanzt hat, als sei es für immer: Damit man nur einen Augenblick lang jemand anders sein kann, zum Beispiel in diesem Licht man selber, bevor man auf der Welt war, und in einem andern ein Affe, und warum nicht einmal ein Kapitän, sage ich, und wie sie keine Antwort gibt: Dass es im Spiegel inzwischen so dunkel geworden ist wie zutiefst im Bauch eines Schiffs dort, wo die Ratten wohnen, sage ich ihr und blicke dabei unentwegt zum Spiegel hinüber, was mein gutes Recht ist trotz ihres zwar unausgewiesenen, aber dennoch ausschliesslichen Anspruchs nicht nur auf den Kapitän, sondern auch auf alles, was ihn angeht. Und sei es nur die Wand zwischen mir und ihm. Ihr Spiegel hängt schief, sagt Frau Klemm, wie sie sich nun endlich zum Sprechen entschliesst, und will ihn zurechtrücken. Will damit vor allem meinen Kopf zurechtrücken, damit nicht länger meine Gedanken durch den Spiegel hindurch zum Kapitän hinüberschlüpfen und dort den Mann umkreisen können, der der Sinn ihres Lebens ist und ihr Stolz. Wie ich mich nun vor meinem Spiegel aufstelle, entschlossen, ihn gegen jeden Angriff zu verteidigen, wundere ich mich, dass ich mich das traue, wo ich doch schon bei unserer ersten Begegnung begriffen habe, dass ich gegen Frau Klemm nicht ankomme. Wenn ich mich ihr nun doch für einmal überlegen fühle, muss das daran liegen, dass ihr der Kapitän zu nahe geht; dass auch Frau Klemm, eine Frau aus härtestem Holz, ihren wunden Punkt hat … Bevor ich aber angesichts der in ihrer Kampfstellung erstarrten Frau Klemm weitere Mutmassungen anstellen kann, lässt sie von mir ab, um schleunigst dorthin zu gehen, wo sie schon längst wäre, wenn sie sich nicht durch die verdächtigen Geräusche in meinem Zimmer hätte ablenken lassen. Ich höre, wie sie im Zimmer nebenan in einen Schwall von Worten ausbricht, zu denen der Kapitän schweigt, während der Hund – es ist ein Hund – zu bellen anfängt, und setze mich, um nachzudenken, wieder auf meinen Stuhl.

Mein Spiegel hängt schief, hat Frau Klemm gesagt. Damit hat sie recht, auch wenn einiges gegen diesen an sich richtigen Befund spricht. Schief hängt hier nämlich nicht nur der Spiegel, sondern hängt auch das Kruzifix an einer Mauer, die ihrerseits schief auf einem Fussboden steht, der selber schief hängt und gegen das Fenster hin abfällt. Das einzige, was in diesem Raum nicht schief ist, ist die Lampe, die an einer Schnur von der Decke, genauer vom Scheitel der Spitzbogen herabhängt und dank der Schwerkraft stets gradwegs zum Mittelpunkt der Erde zielt. Wer das aber nicht weiss, kann leicht dem Irrtum verfallen, schief hänge nur die Lampe, und alles andere sei im Lot. Umso mehr, als es im Haus der Ruhe auch in anderer Hinsicht mit dem einen oder andern derart schief steht, dass man glauben könnte, das Senkblei richte sich hier nicht nach der Erde, sondern nach dem Mond. Ist es nicht geradezu abartig, dass sich Frau Klemm unter der Fuchtel ihres Triebs dazu verleiten lässt, ihre Tätigkeit ins Innere zu verlegen und das ihr anvertraute Tor dem Zustrom der Öffentlichkeit preiszugeben, wo der Herr Direktor in der Erfüllung seiner selbstgewählten Pflicht sein äusserstes daran setzt, uns vor der leichtfertigen Öffentlichkeit zu behüten und uns hinüberzusteuern in eine Wahrheit, um die er selber noch Tag für Tag mit einer derartigen Inbrunst ringt, dass er zu seiner Entspannung zur Flasche greifen muss; eine Wahrheit, in deren hartem, aber unfehlbarem Licht wir uns einüben sollen auf die ewige Wahrheit im Tod? Dass es auch mit diesem an sich tadellosen Vorhaben selber nicht zum besten steht, ist leider offensichtlich. Denn die Ruhe, die der Herr Direktor jeder und jedem von uns beim Eintritt ins Haus der Ruhe zugesagt hat und die eine unerlässliche Bedingung ist für die Sammlung, in der wir uns vor seinem Anspruch zu bewähren haben, ist hier, wie ich leider unzweifelhaft habe feststellen müssen, noch stärker gefährdet als an andern Orten, die keinen besonderen Anspruch auf Ruhe erheben, und zwar gerade wegen des Eifers, mit dem sich der Herr Direktor um Ruhe bemüht. So wird zum Beispiel gerade jetzt wie jeden Abend die Ruhe nicht nur gestört, sondern geradezu ermordet von der ohne Zweifel gutgemeinten Aufforderung zur Ruhe, mit der der Herr Direktor mittels Lautsprecher unsere Zimmer überflutet. Als wolle er die Welt von neuem erschaffen, spricht er, mehr und mehr sich berauschend an seiner mächtigen Stimme, von einem Licht ohne Finsternis, von einem von keiner

Zukunft mehr verstellten Blick in die Wahrheit; begeistert wie noch nie lässt er jetzt unsere vor Stürmen geschützte Insel, womit er das Haus der Ruhe meint, vor unserem, wie er sagt, geistigen Auge auftauchen. Wie ein Strom ohne Anfang und Ende kreist und kreist um sie die Zeit, sagt er noch und noch einmal in immer wieder anderen Worten. Uns kann sie nichts anhaben, sagt er; ohne Punkt und Komma spricht er und spricht, wie nun mit einem Mal, einer Störung wegen, die man das technische Versagen nennt, mitten im Satz der Lautsprecher aussetzt, die Botschaft verhallt.

Das kommt vom Erdbeben. Damit meine ich nicht die Katastrophe, die die Staudämme zum Bersten bringt, das Innere der Häuser nach aussen kehrt und die Brücken abbricht. Von der, so vernichtend ihre Folgen sein mögen, ist leicht reden. Was ich meine, ist etwas anderes: ein leises Beben, das scheinbar keins ist, weil es immer ist, und das wir nur dann überhaupt spüren, wenn wir selber aus dem Takt gefallen sind und uns fragen müssen, ob uns wohl der nächste Atemzug noch gelingen könnte. Dieses andere, bei weitem nicht genügend beachtete Beben der Erde kommt daher, dass sich die Erde dreht. Es liegt in der Luft, so weit sie reicht, und bringt die Fensterscheiben zum Klirren und die Tassen im Schrank. Dass eine Stimme zu zittern anfängt oder die Hände mit dem Löffel auf dem Weg zum Mund, rührt von ihm her. Auch dass von allein die Saiten im Klavier in Schwingung geraten und die Dielen knarren. Im erlöschenden Flämmchen spricht es sich aus und im heissen Rauch, der in den kalten Himmel steigt: kreisförmig, in Wellen verbreitet es sich um jede erste Regung, und wenn es sich erst einmal den Gedanken mitteilt, die mir durch den Kopf gehen und dann in die Welt hinaus, ist kein Ende abzusehen, wo es noch hin will mit ihm. Es ist an allem schuld, was daneben geht oder entzwei; sei das eine Liebe oder Nähnadeln einfädeln. Es richtet im Kleinen ebenso viel Unheil an wie das grosse Erdbeben im Grossen, denn es ist, kaum hörbar, aber doch nicht zu überhören, der jedem

Leben feindliche Missklang zwischen jetzt und nie; das uns im Innersten erschütternde Aufbegehren eines Lebens, das nicht an sich glaubt.

Auch dass meine vier Wände mehr und mehr aus den Fugen gehen, kommt davon. Feine Risse laufen über die weissgetünchten Mauern. Ihr Weg beschreibt den Gang der Zeit, die sich nicht darum schert, dass sie hier verboten ist, sondern hier wie überall unaufhaltsam vorwärts drängt; wenn es geradeaus nicht geht, auch einmal Haken schlagend wie die Hasen; in Windungen um diesen oder jenen Widerstand herum. Was mich aber nicht stört. Im Gegenteil. Dass ich in meinen vier Wänden den Zerfall tagtäglich vor Augen habe, ist mir geradezu ein Trost. Die Risse sind etwas, das ich mit Händen greifen kann, und das ist unschätzbar, wo uns der Lautsprecher direkt oder ab Tonband jeden Abend die schönen aber auch eitlen Worte in die Ohren bläst, mit denen der Herr Direktor uns und vor allem sich selber beglückt. Leere Luft, hat Fritzi einmal in einer ihrer respektlosen Anwandlungen gesagt. Wobei mir jetzt auch ein Song einfällt, den Blau, in seinem gauloiseblauen Zigarettennebel noch um einiges heiserer als sein Vorbild Leonard Cohen, gern vor sich hin sang, wenn er wieder einmal an eines der Bretter angerannt war, mit denen sich so viele Köpfe vor der nötigen, aber meist unbequemen Einsicht abschirmen: There is a crack in everything/ That's where the light gets in, sang Cohen, sang nach ihm Blau und singe ich dem einen wie dem andern nach, wenn ich sicher bin, dass mich niemand hört. Wie tröstlich das ist; gerade für uns hier im Haus der Ruhe, die wir, gebrechlich wie wir sind, mindestens in Sachen Fassade auf anderes als auf zusätzliche Risse kaum mehr hoffen können.

Wenn ich bei Trost bleiben will, muss ich mir etwas einfallen lassen. Ich erkläre meine vier Wände zum Taubenschlag und warte auf was kommt. Statt etwas kommt aber nichts. Dann fällt mir der Herr Pfarrer ein, der im Gebet Gott selber zu uns sprechen lassen wollte, und dann kam auch nichts. Worauf sich nun immerhin mein Taubenschlag auf ein paar Tauben besinnt und mir vorführt, wie ich einmal mit Jimmy in London auf dem Trafalgar Square war und ihn beinahe zusammenbrechen sah unter dem Gewicht der Tauben, die sich um die Körner balgten, die er ihnen hinstreckte, und sie liessen sich schreiend nieder auf seinem Kopf, seinen Schultern, seinem Arm … Was mir hier eingefallen ist, nennt man eine Erinnerung. Das kann sehr schön sein, besonders wenn es sich mit einer glücklich überstandenen Gefahr verbindet. So war es zum Beispiel, wie Blau und ich einmal in einer Gegend, die uns fremd war, auf einem zu beiden Seiten von Buchenhecken gesäumten und überwachsenen Weg von einem Dorf zum andern gehen wollten. Der Weg, überwölbt von den mit der Zeit zu Bäumen emporgewachsenen Sträuchern, war ein Tunnel, erinnere ich mich. Zu unseren Füssen wuchs Farn und Moos. Zu unserer Linken, woher der Wind blies, wohin wir dann und wann einen Durchblick ins Offene hatten, brannte – wir trauten unseren Augen nicht – ein abgeerntetes Feld. In Angst vor dem rasch sich nähernden Feuer konnten wir uns doch nicht sattsehen daran, wie die Flammen die Stoppeln frassen, das liegengebliebene Stroh verzehrten. Knisternd, flackernd kamen sie auf uns zu. Der Rauch stieg uns in die Nase, die Hitze ins Gesicht, in die Augen, und wenn auch, wie wir nachher erfuhren, diese Verheerung nichts anderes war als eine seit Jahrhunderten bewährte Massnahme zur Säuberung der Äcker, liessen wir uns die Angst doch nicht ausreden: Was, wenn das Feuer auf die Bäume übergesprungen wäre? Was, wenn … Aber war es das, was ich wollte, als ich wollte, dass mir etwas einfalle? Was war, ist zwar etwas, aber es führt doch immer nur bis zu dem jetzt, in dem ich von ihm spreche. Mehr wäre es, wenn mir etwas einfiele, was erst wird. Das wäre dann wirklich ein Einfall, um nicht zu sagen ein Durchbruch: Nämlich von einem Stockwerk ins nächste in mir selber oder etwas von aussen in mich herein. Etwas, an das ich noch nie gedacht habe. Etwas, das anders ist als alles, was ich weiss: Wenn ich bei Trost bleiben will, muss ich ahnungslos warten auf das was kommt, falls

Ahnungslosigkeit, woran ich meine Zweifel habe, sich irgend einem Müssen unterwirft.

Und vor allem keine Angst haben. Augen zu und durch, sagten wir als Kind, wenn wir eine Mutprobe vorhatten. Es brauchte nicht gleich ein Gang durchs Feuer zu sein. Einmal, und das ist noch gar nicht so lange her, als man denken möchte, wollte einer, der uns um Geld bat für sein Bier, auch noch einen Kuss von mir. Wie sollte ich da nein sagen? Zu Blaus nun wirklich äusserstem Befremden war es, bevor ich noch zögern konnte, bereits geschehen.

Gestern war das Licht im Spiegel heller als sonst. Meine vier Wände öffneten sich aller Welt. Die kam rauschend zu Besuch und ging wieder. Heute sind die Wände wieder so nah beisammen, dass man in meiner Zelle kaum einen Regenschirm aufspannen könnte. Was auch nicht nötig ist. Noch hält das Dach dicht. Fritzi kommt und will mit mir einen Spaziergang machen. Das will sie beinahe jeden Tag, oder sie will es nicht, und es ist ihre Pflicht. Was immer sie zu dem Angebot bewegt, das ich fast immer ablehne: Heute nehme ich es aus Angst vor der Angst gern an. Fritzi hält mein Einlenken für Freundlichkeit und freut sich. Ich will zu den Hühnern. Sie will in den Garten, weil das besser ist fürs Gemüt. Wir tun die eine, was die andere will, und wollen somit sowohl da wie dorthin gehen. Der Reihe nach. Fritzi zieht mir meine schöne Jacke an; die nachtblaue mit der bunten Stickerei und den Glasperlen. Damit es ein Ansehen hat, wie Fritzi sagt. Dann gehen wir hinaus in den langen Flur; ohne Filzpantoffeln. Die sind nur für die Neuen, sagt Fritzi, damit sie gleich merken, dass sie leise treten müssen von nun an. Von den vielen Türen, an denen wir vorbeigehen, stehen einige offen. Nicht die des Kapitäns, das darf ich nicht erwarten, wo er das Geheimnis in Person ist. Aber: Da wohnt die Sängerin, die einen grossen Namen hätte, wenn sie hier noch einen Namen haben dürfte, sagt Fritzi und begrüsst eine Frau, die gross und breit ist wie ein Berg. Sie steht zwischen dem Bett und dem Schrank und rührt sich nicht. Vielleicht ist sie tot? frage ich. Und Fritzi: Das kommt daher, dass sie ein Korsett trägt; mit Stäben aus Fischbein bis zum Hals. Ein Flackern in ihrem Blick verrät mir, dass die Frau keineswegs tot ist. Die tut nur so, sage ich. An der Wand hängt ein Bild, auf dem eine Frau abgebildet ist, die so gross und breit ist wie ein Berg und einen Papagei auf der Schulter trägt. Das ist sie, wie sie früher war, sagt Fritzi. So schön! Ich sehe kaum einen Unterschied. Sie ist nach wie vor ein Bild, nur dass jetzt der Goldrahmen fehlt. Der Papagei, auch er wie er früher war, nur ungekämmt, steht ausgestopft auf dem Nachttisch. Mit dem spricht sie hin und wieder, sagt Fritzi. Mit mir nie. Im nächsten Zimmer wohnt niemand. Die Fenster stehen offen, die Bettücher liegen am Boden: Ein Wechsel, sagt Fritzi. So nennt sie es, wenn jemand stirbt; aus Zartgefühl, damit ich nicht merke, was los ist. Ich will weiter; hinaus in den Garten, wo die Linden blühen, und dann zu den Hühnern, die für mich sehr interessant sind, weil ihr Hof an meinen Hof angrenzt, und ich könnte sie beinahe sehen, wenn nicht der feinmaschige Drahtzaun dazwischen wäre. Der Neue ist schon angekommen, sagt Fritzi. Ein Herr! sagt sie, und meint damit einen, der wirklich ein Herr ist; nicht nur ein Herr Sowieso, und dann müsste er hier mit dem Namen auch den Herrn ablegen, und dann wäre er gar nichts mehr. Ausser er wäre ein Sänger oder ein Kapitän. Und da kommt er uns auch schon entgegen, und fragt sehr höflich, in einem sorgfältig zögernden Deutsch, ob er uns begleiten dürfe? Zu den Hühnern? frage ich. Das ist nicht nach jedemanns Geschmack. Egal wohin, sagt er. Und als Erklärung: Ich bin ein Däne. Das erklärt zwar nichts, aber ich finde es doch eine sinnvolle Bemerkung, denn in Dänemark war ich noch nie; abgesehen davon, dass sie mir sagt, unter welcher Etikette ich den fremden Herrn speichern soll. Ist es wahr, dass in Dänemark das Licht so mild ist wie sonst nirgends? frage ich ihn. Das habe ich in einem dänischen Buch gelesen. Das haben Sie sehr schön gesagt, sagt er. Was nicht ist, was ich wissen wollte. Ist es wahr, dass Dänemark im Schatten Gottes liegt? frage ich weiter. Auch das steht in dem dänischen Buch. Das Blaue vom Himmel herab, wenn Sie wollen, ist seine Antwort. Also auch blauen Schnee? frage ich ihn, der ohne auf mich zu hören sagt: Am liebsten wäre mir jetzt eine frische Semmel mit Butter. Glauben Sie, dass ich das hier bekommen kann? Zum ersten Mal blickt er mir ins Gesicht als einer, der meint, was er sagt. Ich weiss nicht, ob er nicht bei Verstand ist oder im Gegenteil nur allzu sehr. He, Sie dort drüben, das Zimmer ist bereit, ruft nun, bevor ich mich noch für das eine oder für das andere entschieden habe, Frau Klemm zu uns herüber. Fritzi gibt mit Achselzucken zu verstehen, dass sie Frau Klemms Benehmen missbilligt. Der Däne verneigt sich und geht, wohin Frau Klemm ihn haben will. Auf dem Weg zu den Hühnern fällt mir ein, dass der Schatten Gottes die Weisheit ist; versöhnlich und mild. Ich setze mich auf die Bank unter der Linde und sage zu Fritzi, dass es mir für heute reicht mit meinem Ausgang. Ob wohl der Däne seine Semmel bekommt? frage ich sie. Sie sind wohl nicht bei Verstand? sagt Fritzi, was ich als ungerecht empfinde. Kein verständiger Mensch kann eine Semmel am Samstagabend für ein unangemessenes Anliegen halten. So ist es aber nicht gemeint. Schon so lange sind Sie bei uns, sagt Fritzi, und wissen immer noch nicht, was sich hinter Frau Klemms enger Stirn tut.

Das ist nicht gut, das ist nicht schlimm. Dass ich etwas weiss, und dass ich etwas nicht weiss. Zwischen gut und schlimm ist der Zwiespalt zwischen gut und schlimm. Aus dem wächst heraus, was im Zweifel steht: Das ist alles, was vorkommt, solange man nicht daran rührt und es zu diesem oder jenem erklärt; das Haus der Ruhe ebenso wie die Welt, die es uns vorenthält, vor der es uns bewahrt. Wo es nicht gut ist und nicht schlimm, schlafen bisweilen vor Langeweile die Flüsse ein und die Vögel vergessen das Singen. Wie auch von uns Gästen kaum mehr jemand ans Singen denkt: Wir sind lebendig, und wir sind es nicht. Lebendig begraben, wie einmal jemand gesagt hat, und das ist beinahe nur noch schlimm, kaum mehr gut. Frag Schneewittchen. Das weiss

Bescheid. Man kann es aber auch anders sehen und sagen, dass wir hier zwar nicht mehr im Leben stehen, deswegen aber doch noch bei weitem nicht begraben sind; dass wir sind wie bestellt und nicht abgeholt; dem Tod zur Verfügung, aber vorerst noch nicht gebraucht. Das ist zwar immer noch schlimm, aber es hat auch entschieden sein Gutes. Weil wir keine Zeit mehr haben, sind wir zeitlos. Wenn wir auch keine Geschichte mehr machen können, sind wir doch eine; Wort für Wort erzählt von uns selbst. Das mag für die einen eher gut sein und für die andern eher schlimm, je nachdem, was man noch vom Leben erwartet. Für mich ist es ein Glück. In der Neugier, die mich jetzt unverblümt von einem Wort und von einem Satz zum nächsten bringt, bin ich ein helles Flämmchen; flackernd in des Herrn Direktors Hand.

3. Aussichten

Draussen im Hof ist Lärm. Jemand, der einen Eimer Wasser aus-
giesst. Ein anderer, der die Mülltonne auf ihren scheppernden
Rädern über den Kies zieht, und einer, der auf Metall hämmert
und dazu singt. Vögel, Katzen; die einen hinter den andern her:
Geflatter, Geschrei, und noch einmal, lauter, wie jetzt Frau
Klemm die Hühner füttert. Die Stille dann, und in ihr, spürbar,
ein Geräusch, für das ich keinen Namen habe: Es ist nicht ein
Flüstern. Auch nicht wie von dürrem Laub. Eher wie wenn man
Stoff zerreisst; wie wenn der Wind träge eine Zeitung zerzaust
und vor sich herweht. Aber auch das ist es nicht. Es geht kein
Wind. Was sich eben noch regte, hält den Atem an. Kein Hauch.
Nur, kaum hörbar, das Knistern, in dem die Sekunden auftauchen, aufleuchten und der Vergangenheit verfallen. Schneller
als die Sekunden geht mein Puls. Langsamer mein Atem.
Zweistimmig spiele ich mich ab, falle ich aus dem Takt, zerfalle
ich mit mir selbst. Und wie nun im Haus gegenüber eine Musik
losgeht, in der sich freiwillig eine heiser schreit, bin ich froh, dass
sie mich übertönt und schliesslich völlig ausfüllt. Ruhe! brüllt
da aber gleich der Herr Direktor durch den Lautsprecher. Der
Kapitän nebenan fängt an zu lachen. Der Gesang schwillt an zum
Orkan. Bricht jäh ab.

Wenn das Fenster offen ist, kann ich vom Bett aus durchs Fenster
ein Fenster sehen. Das ist mein Fernseher. Wenn ich auch nicht
wählen kann, was ich mir ansehen will, genügt er doch völlig
meinem Anspruch. Sogar besser als der, den ich zuhause hatte,
denn er zeigt im Gegensatz zu jenem ungeschminkt das Leben
selbst. Wer hier mitspielt, ist unverschämt und darin wahr. Weiss
nicht, dass er spielt. Dass die Stücke, improvisiert wie sie sind,
in Sachen Drama oft nicht viel hergeben, liegt in der Natur der

Sache. Ich darf nicht erwarten, dass meine Nachbarn tagtäglich einander den Hals abschneiden, mir als ihrem unvermuteten Publikum zum Spass. So war heute bis jetzt nichts los, als dass die Frau, die ich wenn auch unbekannterweise als meine Nachbarin ansehe, das Tischtuch ausschüttelte und dann den Kaffeekrug ausgoss in den Hof hinab. Was anderswo ein Geschrei auslöste, das seinerseits wieder anderswo zu Protesten führte, die ihrerseits übel vermerkt wurden von jemandem, der sich aus einer Höhe herabliess, in der ich bereits die Vorposten der Engel vermuten muss, denn ich kann von meinem Bett aus nicht sehen, wo das Haus gegenüber oben zu Ende geht. So war es heute beim Frühstück. Gestern abend dagegen: Den ganzen Tag über war das Fenster geschlossen, der Vorhang zugezogen. Als gegen Abend die zugleich unbekannte und wohlvertraute Nachbarin, die ich je nach dem Stück, das gespielt wird, Carmen oder Josefine nenne, das Fenster öffnete, rückte sie den Vorhang gleich wieder zurecht, womit sie aber nicht verhindern konnte, dass er, als jemand hinter ihr das Zimmer betrat, in Bausch und Bogen in den Hof hinausflog und den Blick freigab auf einen Mann, der auf dieser Bühne seinen ersten Auftritt hatte. Fürs erste trat er ans Fenster und blickte sich um. Da wusste ich auch bereits, dass heute eine Tragödie auf dem Programm stand. Denn der am Fenster war der Kapitän, den ich erkannte, bevor er noch mit seiner unverwechselbaren Stimme zu sprechen anfing: nämlich an seiner Haltung. Sie imponierte und tat auch hier gleich ihre Wirkung, als der Mann einen Schritt zurücktrat und es meiner Nachbarin überliess, den Vorhang zu bändigen und das Fenster zu schliessen. Und wie nun meine Nachbarin mit Händen, die vor Angst flatterten, umsonst versuchte, mit dem Durchzug zurecht zu kommen – die Tür stand wohl noch immer offen –, war sie bald Carmen, bald Josefine, je nachdem ob sie aufbegehrte oder sich duckte unter dem Blick ihres Gasts. Ich hielt mich mäuschenstill. Dass dann schliesslich der Kapitän das Fenster schloss, den Vorhang zuzog und gleich auch das Licht im Zimmer löschte, womit für mich das Stück, kaum hatte es angefangen, auch schon aus war, war nicht meine Schuld. Beinahe wäre ich aber daran irre geworden, dass der Mann dort drüben wirklich der Kapitän war. Denn im Nebenzimmer fing jemand an zu lachen, wie der Kapitän zu lachen pflegt; ruckartig, in Husten übergehend, und ich wusste nicht, sollte ich eher meinen Ohren trauen oder meinen Augen. Da ich mich nicht entscheiden konnte, blieb mir nichts anderes übrig als anzunehmen, der Kapitän sei an zwei Orten zugleich. Was nicht so unmöglich ist, wie es klingt. Wenn der eine Ort ein Fernseher ist und der andere ein Lehnstuhl, auf dem man sitzt und sich selber bei seinem Auftritt zusieht, ist das ganz normal. So sass wohl der Kapitän am Fenster und schaute sich selber bei seiner Eskapade mit Carmen, respektive Josefine, zu.

Im Fenster, das vor meinem Fenster steht, bricht sich ein Sonnenstrahl. Das Licht prallt ab, kommt mir entgegen. Hoch über meinem Kopf trifft es mein Dach über dem Kopf. Zerspringt es, löst es sich auf.

Die Sonne selber sehe ich nie. Auch nicht, wenn ich am Fenster sitze. Sie steht zu hoch, mindestens solange die Tage lang sind, und wenn sie dann kürzer werden, steht sie gleich wieder zu tief. In einer seiner zeitweiligen Sprechstunden habe ich mich beim Herrn Direktor darüber beklagt. Für Sie ist die Sonne untergegangen ein für alle Mal, war seine Antwort. Es bleibt Ihnen noch ein Streifen Abendrot. Dann die Nacht. Das wollte ich mir nicht bieten lassen. Die Sonne scheint allgemein, sagte ich ihm, und dass ich auf meinen Teil Sonne ein Recht habe wie alle andern auch, solange mindestens, als ich noch am Leben sei. Ebensogut können Sie mir die Luft entziehen, sagte ich. Oder … Das wäre der nächste Schritt, unterbrach er mich. Nicht unfreundlich. Worauf ich es vorzog zu schweigen. Er drückte auf die Klingel. Frau Klemm brachte mich in mein Zimmer zurück. Die Tür stand offen. Das Fenster war ein heller Fleck, beim Näherkommen dann ein Gemälde in zarten Farben, mit wenigen, klaren Linien. Man kann die Fassade gegenüber erkennen und den Fliederbusch, der neben der Hintertür steht. Aber das alles könnten auch nur wunderbar ausgewogene Farbflecken sein; so oder anders in einem schwebenden Gleichgewicht, je nach Licht. Seit ich das entdeckt habe, kann ich mich nicht sattsehen daran, wie sich das Bild von einem Augenblick zum andern verwandelt. Es gibt mir in seinen unablässig wechselnden Erscheinungsformen einen Abriss der Welt.

Am oberen Bildrand ist ein Stück Himmel. Heute ist es aus Porzellan wie immer, wenn das Wetter nicht weiss, was es will. Wenn ich nicht achtgebe, zerbricht es mir unter dem Blick, und dann ist dort wieder das Loch, durch das der Wind pfeift und durch das im Herbst die Schwalben aus meinem Leben hinausfliegen. Das geschieht immer wieder. Immer wieder ist es mir von neuem unheimlich. Wer weiss, wie es hinter dem Loch ist; ob nicht die Luft dort sehr dünn ist und die Sonne jenseits aller Wolken sehr heiss. Dass die Schwalben von dorther im Frühling unfehlbar wieder zurückkommen, ist zwar ein Trost. Es heisst aber nicht, dass sie dann zu berichten wüssten, was sie auf ihrem Ausflug erlebt haben. Vielleicht sind es nicht dieselben Schwalben. Vielleicht werden sie dort ausgetauscht gegen sich selber und wissen nicht mehr, wie es früher war. Am liebsten würde ich das Loch dort oben zumauern, indem ich das Haus, das es zu seiner Rechten begrenzt, bis zum linken Bildrand hinüberzöge. Das lässt sich aber ohne Schaden nicht machen, weil das Loch bei aller Unbill, die es bringt, doch seine Notwendigkeit hat.

Dort kommt das Wetter her. Zwei Schichten von Wolken, die übereinander liegen, von denen die eine grau ist und die andere weiss; die untere ist in Bewegung, die obere steht still. So ist es jetzt. Auch blau könnte es sein oder stille schwarze Nacht. Wenn der Wind von dorther in den Hof einbricht, rauscht der Baum drüben beim Hühnerhof anders, als wenn es regnet. Anders rauscht er im ersten Grün der jungen Blätter. Anders hält er sich still an einem heissen Sommertag als im Schnee. Jeder Tag ist anders, jedes Jahr. Früher habe ich in Jahren gerechnet, allenfalls in Jahres- oder Tageszeiten. Seit ich hier bin und das Wetter beobachte, finde ich mein Mass im Augenblick. Jeder hat so viel Raum, wie er braucht, um zu kommen, sich zu verbreiten und wieder abzutreten. Kein Wunder, dass sich da gelegentlich der eine mit dem andern überschneidet. Gestern war einer da, den ich seit je gekannt habe. In ihm bin ich zur Welt gekommen, komme ich stets von neuem wieder auf die Welt.

Heute ist es bunt wie noch nie. Nicht nur das Wetter, das den ganzen Tag in Aufruhr war, und jetzt hat es sich beruhigt – wer will ständig vom Wetter reden – sondern das Stück Himmel, das jetzt wieder seinen Porzellanschimmer hat, ausserdem aber noch mit grossen bonbonfarbenen Tupfen garniert ist, die langsam in die Höhe steigen und dabei nach rechts abdriften. Luftballons sind das. Botschaften an Unbekannt, sagt Fritzi, die eben für einen Augenblick hereinkommt und gleich wieder gehen muss, weil unverhofft der Lautsprecher, dröhnend und nahezu unverständlich in der Stimme von Frau Klemm, die ihn nicht zu bedienen weiss, das Personal umgehend zur Versammlung ruft; in die Kapelle, die ausser für die vom Herrn Direktor zelebrierten, wortreich der ewigen Stille gewidmeten Handlungen auch manchmal unserer Unterhaltung dienen darf, sofern sie dem Geist des Hauses entspricht. Für Angelegenheiten der Verwaltung wird sie dagegen nur benützt, wenn der Anlass so wichtig ist, dass er sich nicht, wie es hier sonst üblich ist, irgendwo zwischen Tür und Angel besprechen lässt: für Vertrauensfragen etwa oder für eine Wahl. Weg ist Fritzi; bei weitem rascher, als wenn sonst die Pflicht ruft. Schon lange habe ich bemerkt, dass sich im Haus der Ruhe etwas tut, das nicht gut ist. Es liegt ein Geruch in der Luft wie von Streit, und ausserdem – die Köchin war wohl wieder einmal nicht auf ihrem Posten – wie von verbranntem Backwerk. Ich halte mich an die bunten Tupfen, in denen ich lieber als Ballons und Botschaften, und wären sie für mich, schlicht Tupfen sehe; ohne Sinn und Zweck. Von neuem blicke ich, wenn auch nicht so unbeschwert wie vorher, zu meinem Stück Himmel hinauf, wo sich hoch über unseren Sorgen ein wunderbarer Leichtsinn breit macht. Die Tupfen stehen beinahe still, wissen nicht wohin. Dass jetzt Max ans Fenster klopft und mir, wie ich es öffne, durch die Gitterstäbe hindurch mitteilt, welcher der Ballons, mit seiner Adresse versehen, seiner sei, stört den Frieden nicht. Damit man ihn besser finden kann, sagt Max, und dass er ihn abholen werde, wo immer er zu Boden gehe. Und wenn es mitten in der Wüste ist, oder im ewigen Schnee oder im Meer. Der Gedanke packt mich im Innersten meines Fernwehs mit solcher Macht, dass er mich wie der Wind bereits dort hingebracht hat, wo Max dann hinwill, wenn er erst einmal weiss, wohin. Bevor ich aber Max vorschlagen kann, dass wir uns gemeinsam auf den Weg machen wollen, wohin immer, ist er schon fort, und ich falle wieder auf das zurück, was mich mehr interessieren muss, als wohin der Ballon fliegt und ich mit Max ihm nach: Nämlich, denn es betrifft meine nächste, unausweichliche Nähe, auf das, was sich an der Versammlung tut, die nun schon so lange dauert, wie noch nie, seit ich hier bin, eine Versammlung gedauert hat. Denn der Herr Direktor ist, sofern er nicht unpässlich ist oder im Bann seines Auftrags in Zungen redet, ein Mann von wenigen, endgültig verfügenden Worten, gegen die kaum jemand je Einspruch erhebt; nicht einmal Frau Klemm, die sich einiges gegen ihn herausnehmen darf, wie sich aus gewissen Blicken, die sie ihm gelegentlich zuwirft, schliessen lässt. Dass etwas Umwälzendes geschehen sein muss, wird nun jenseits aller Vermutungen offensichtlich, wie Fritzi bleich vor Ärger zurückkommt. Ob es wirklich so schlimm ist, wie sie glaubt? Auch wenn es vorübergehend Schwierigkeit machen mag, kann es meines Erachtens bei den Zuständen, die im Haus der Ruhe herrschen, nur von Vorteil sein, wenn sich etwas ändert. Zum Beispiel das mit der Sonne. Und auch der Lautsprecher tritt viel zu häufig in Funktion.

Was kann ich mir davon erhoffen? ist denn auch meine erste Frage, unausgesprochen in Rücksicht auf die empörte Fritzi, wie sie mir nun Bericht erstattet. Dass der Herr Direktor seit ein paar Tagen nicht nur unpässlich sei, sondern krank, habe Frau Klemm verkündet, die nach ihm die Ranghöchste ist, und dabei nicht geradezu gesagt, aber doch durchblicken lassen, es sei vielleicht etwas Schlimmeres als nur krank. Dass er sich darum zwecks Sicherstellung von Ruhe und Ordnung für unbestimmte Zeit vertreten lassen müsse, habe sie ferner mitgeteilt; von Frau Klemm, sagt Fritzi auf meine Frage, von wem sonst. Auch wenn man noch so lange beraten und der Reihe nach alle möglichen Kandidaten und Kandidatinnen erwogen und zum Teil für gut befunden habe, zum Beispiel als einen möglichen Anwärter von aussen den Stationsvorstand und aus den eigenen Reihen, wen wundert es, den Kapitän, sei das von Anfang an klar gewesen, wenn auch leider in ihrer Verblendung bei weitem nicht allen, die es betraf, und Frau Klemm habe sich im Anschein ihrer selbstlosen Sorge für das allgemeine Wohl schliesslich selber ins Amt eingesetzt, man wisse nicht wie. Das, sagt Fritzi, bedeute Diktatur oder Revolution. Also Revolution, sagt Fritzi und blickt mich an, als ob sie von mir erwarte, dass ich gleich aus dem Bett springen und zur Waffe greifen würde; nach meinem Stock oder – auch damit lässt sich kämpfen – nach der Bibel, die hier, wie früher auch in den tristen Einzelzimmern der billigeren Hotels, in der Nachttischschublade bereit liegt, falls man einmal Trost braucht mitten in der Nacht. Ich dagegen bin nicht nur, mindestens wo es sich nicht mit nackten Worten abtun lässt, kampfuntauglich, sondern auch, was schlimmer ist, unentschlossen, denn ich weiss nicht gleich, welche von diesen beiden eine wie die andere nicht überaus erfreulichen Möglichkeiten ich für die schlimmere halten soll. In einer Diktatur gibt es da und dort Nischen, in denen man im Schatten der Ereignisse bleiben und einigermassen ungestört weiterleben kann, während eine Revolution jeden Winkel nicht nur ausleuchtet, sondern mit eisernen Besen auskehrt bis in die hinterste Ritze hinein, und wenn man dann einmal schonungslos zutage liegt, ist es mit der Ruhe Schluss; mindestens bis sich in Korruption und Schlendrian wieder neue Nischen gebildet haben. Immerhin, und das ist ein Vorteil gegenüber der Diktatur, in Freiheit, Gleichheit, Brüderlichkeit; solange mindestens, als die Revolution nicht wieder in eine Diktatur umschlägt, und sofern man nach der grossen Reinigung noch lebt. Dass Fritzi, die noch nicht so viel erfahren hat wie ich, eindeutig für die Revolution ist, gefällt mir, auch wenn ich ihre Begeisterung nicht ohne Vorbehalt teilen kann. Einig bin ich aber mit Fritzi darin, dass es für uns alle in offenem oder verhohlenem Widerstand gegen die neue Machthaberin nur eine Frage gibt, die wirklich zählt: Ob das Haus der Ruhe unter diesen veränderten Umständen eine Zukunft hat.

Die Frage ist ein Rückfall, muss ich aber einsehen, sobald ich mir die Sache in Ruhe überlegt habe; wenn nicht für Fritzi, die ihr Leben noch vor sich hat, so doch für mich. Sie wirft mich zurück in die Zeit, als ich noch alt war; als mir die Sorge, wie es weitergehen solle bei meinen stetig schwindenden Kräften, auch noch den letzten meiner doch immer noch zahlreichen und vielfältigen hellen Augenblicke verdarb. Dass ich diese Sorge los bin, ist, wie ich im Hinblick auf sein nicht durchgehend angenehmes Wesen nur ungern einräume, das Verdienst des nun vielleicht schlimmer als kranken Herrn Direktors. Nicht nur hat er mir eine Zuflucht gegeben, in der ich der Sorge um die Zukunft enthoben bin, sondern er hat mir auch, und das ist mehr, als ich zunächst hören wollte, klar gemacht, dass es für die Gäste im Haus der Ruhe nicht nur die Sorge um die Zukunft, sondern die Zukunft schlechthin nicht mehr gibt. Diese mir gegen meinen Willen aufgenötigte nackte Wahrheit ist zwar unangenehm, aber doch besser als eine unwürdige Täuschung. Wenn nun freilich der Herr Direktor meint, falls er in seinem Schlimmer-als-krank überhaupt noch im Stand ist zu meinen, dass ich von nun an ganz auf die ewige Stille hinleben und mich meinem fortschreitenden Zerfall wenn nicht getrost, so doch willig überlassen würde, liegt die Täuschung bei ihm. Ganz im Gegenteil habe ich mir vorgenommen, mit allem, was ich meinen zur Neige gehenden Tagen an Kraft und Ausdauer noch abgewinnen kann, an meinem Lebenshaus, meiner Lebensaufgabe besser gesagt, weiterzubauen. Nicht mehr wie bis jetzt nur in schlaflosen Nächten, sondern in jedem Atemzug; indem ich mich sorgfältig und aufmerksam mir selber vorlebe, nach meinem Entwurf. Das Verfahren, das ich bereits seit einiger Zeit mit Erfolg anwende, habe ich von Blau gelernt, der dank ihm sein Leben lang ein staunendes Kind blieb. Es besteht darin, dass man von einer Minute zur andern immer wieder frisch vom Himmel fällt und so aus jedem Augenblick, und sei er noch so fad, ein Wunder macht. Zum Beispiel wenn wir im Café sassen und die Langeweile aufs Korn nahmen; er mit einer Zigarette zwischen den Fingern und ich mit meinem Bleistift im Mund: Schau dort, das Fahrrad an der Laterne, sagte er einmal und wies, wie ich in Unverständnis seines ausländischen Deutsch ratlos dorthin blickte, wo ein Pfahl aus dem Asphalt wuchs, in die Höhe, wo hoch über dem Boden an der Laterne festgebunden ein Fahrrad schwebte. Und dann kam einer, der unter seinem Hemd, und es schaute nur noch der Kopf heraus, ein lebendiges Schweinchen vom Markt nach Hause trug, und wie dann auch noch eine Ladung Orangen vom Karren auf die Strasse rollte und Passanten, Fahrräder, Hunde, Lastwagen ihnen nach- oder darum herum- oder über sie hinweggingen, war unser Glück komplett.

Ich muss neue Fragen finden, wenn ich mich in dem rundum ständig wachsenden Panorama meiner Gegenwart zurechtfinden soll. So lieb mir Fritzi ist in ihrer Entschlossenheit zu sich selber und zu ihrem Fortkommen, muss ich mich doch von ihr absetzen: Was für sie gut ist, ist nicht ohne weiteres gut für mich. Mein Ort ist, wo – wenn auch prekär – immer noch meine Füsse stehen, während es sie vorwärts drängt in ihren Übungen zum Aufstand gegen Frau Klemm. Während sich also der Natur der Dinge gemäss Fritzis Fragen immer weiter spannen, zu Visionen ausdehen müssen, muss ich mich auf das beschränken, was ich vor Augen habe. Das ist mehr als genug und vor allem mehr, als ich je bewältigen kann; angefangen von der harmlosen Frage, warum Fritzi heute am linken Schuh grüne und am rechten rote Schnürsenkel trägt, bis zu der ernsten, die mich nicht nur im Hinblick auf den Herrn Direktor beschäftigt: Was ist schlimmer als krank? Frau Klemm, die sich uns heute zum ersten Mal in ihrer neuen Würde und das heisst, wenn auch noch nicht im Gehrock des Herrn Direktors, so doch in seiner gestreiften Weste und mit der dazu assortierten Uhrkette gezeigt hat, will darauf keine Auskunft geben. Das überrascht mich nicht. Dass Fritzi sagt: Alt werden ist schlimmer als krank sein, ist wohl auf unerfreuliche Erfahrungen zurückzuführen, die sie hier mit uns Gästen gemacht hat; Erfahrungen freilich, in denen Fritzi in ihrer – wenn auch gottlob allmählich schwindenden – Unerfahrenheit nur erfasst hat, was sich zeigt, nicht was unter dem oft trügerischen Anschein wirklich ist. Die Sängerin dagegen, die ich bei meinen in letzter Zeit häufigeren Gängen in den Garten im Vorbeigehen immer begrüsse, im bescheidenen, aber dennoch hartnäckigen Ehrgeiz, früher oder später doch noch den Papagei auszustechen und seine Herrin für ein Gespräch mit mir gewinnen zu können, gibt mir zu meiner Überraschung eine Antwort, die ebenso einfach wie einleuchtend ist: Eine böse alte Frau werden. Das ist schlimmer als krank sein, sagt sie. Schlimmer als tot. Vom Dänen, der in seinen Gedanken oft anderswo wohnt als hier und jetzt, darf ich nicht ohne weiteres eine schlüssige Antwort erwarten. So taucht er denn auch, wie er meine Stimme hört, zunächst aus seinem Anderswo statt mit einer Antwort mit einer Frage auf, die ihm wer weiss warum gerade am Herzen liegt: Der Ginster blüht doch im April, will er wissen. Nicht wahr? Ja, sage ich, sobald der Kuckuck ruft. Was ihn zufriedenstellt und wieder auf eine Welt bringt, in der nicht der Ginster blüht, sondern, wie gerade hier, am Wegrand, der Mohn. Es ist einer schlimmer als krank, wenn er nicht mehr fragen kann, glauben Sie nicht? sagt er, und wie ich ihn darauf frage, ob er diesen fraglos fragwürdigen Zustand aus eigener Erfahrung kenne, sagt er verwundert: Wo denken Sie hin? Wie einer, der einen fernen Horizont ins Auge fasst und damit weit über sich hinauswächst, steht er stockstill und fragt:

Ob ich selber eine Frage bin? Ich zögere mit der Antwort, unsicher, ob wohl irgend ein Mensch diese Ehre für sich in Anspruch nehmen dürfe. Denn wer selber eine Frage ist, rührt an die Wurzel aller Fragen, und ob dort ein Klima herrscht, das uns bekömmlich ist, weiss ich nicht. Das, sage ich, wie ich mit meinen Überlegungen am Ende bin, kann nur der Tod entscheiden. Ja, sagt der Däne. Dem liegt nichts an Ja oder Nein.

4. Es stürmt

Besuch! sagt Fritzi. Ada, sage ich. Wer sonst schneit mir nichts, dir nichts bei einem herein und fragt nicht, ob er stört. Ada! Das klingt wie ein Seufzer und ist einer. Nur schon wie sie riecht: Maiglöckchen und Gin. Nichts von der Ferne, aus der sie kommt; kein Hauch von Meerluft oder ziehenden Wolken. Ada reist viel. Seit Zett nicht mehr lebt, lebt sie aus dem Koffer. Wenn sie arm wäre, würde man sie eine Vagantin nennen. Da sie aber nicht in der Gosse nächtigt, sondern im Luxus, ist sie eine Dame. Früher, als sie das noch nicht war, war sie zum Lachen, wenn es nicht zum Heulen war, was sie tat: ihre Katze mit Füssen treten oder aus dem Haus laufen mit Stöckelschuhen, und das mit dreizehn, wo andere, wie zum Beispiel ich, noch Wollsocken trugen, schimpfe ich, als ob ich die wäre, die erst dreizehn ist. Ada lieber nicht, sage ich zu Fritzi, dieses Mal mit der Stimme der Vernunft, und wenn doch, soll sie sich anmelden, drei Wochen zum Voraus und … Fritzi, die schon lange etwas sagen will, kommt endlich zu Wort: Es ist nicht Ada! sagt sie, sondern. Und ich dazwischen: Das sieht ihr ähnlich, sage ich erbost; noch nie war Verlass auf sie, fühle ich mich des weiteren veranlasst zu sagen; nicht einmal darauf, dass sie sich ähnlich sieht, kann man sich verlassen; nicht einmal darauf, dass auf sie kein Verlass ist, sage ich, stottere ich und komme nicht weiter, denn mir geht der Atem aus; nicht nur darum komme ich nicht weiter, sondern vor allem, weil ich nicht länger darum herumkomme, mich daran zu erinnern, dass Ada niemand anderem so ähnlich sieht wie mir selbst. Sie, meine Tochter: nicht nur war sie, als sie dreizehn war, so wie ich war, als ich dreizehn war, sondern auch mit sieben, dreiundzwanzig, achtunddreissig und neunundvierzig. So alt ist sie jetzt. Und wenn ich auch, als ich so alt war wie Ada jetzt, nicht nur genau so war wie sie, sondern auch – in meinen andern Lebensumständen – so anders als sie wie nur möglich … wenn mir auch, und zwar … Es ist nicht Ada, sagt Fritzi, diesmal mit Nachdruck, und ich, die ich inzwischen zum Schluss gekommen bin, dass ich nicht ich bin, sondern Ada, und das kann heissen, dreizehn oder dreiundzwanzig oder … genau in dem Augenblick, in dem mir entfallen ist, welche ich bin; wo ich schon beinahe sicher bin, dass ich nicht die bin, die ich meine, dass ich sei, sondern die andere; wo ich, so verwirrt wie ich nie mehr gewesen bin, seit ich ein Kind war, nicht mehr weiss, ob ich die bin, die aus dem Koffer lebt, oder die, die in ihrem Zimmer bleibt; ob die, die mit der Zeit geht, oder die, die ausgestiegen ist und dem Zug nachschaut, der im Tunnel verschwindet; diese oder jene oder die eine nach der andern oder keine von beiden oder beide zugleich. Dass es heute an diesem schönen Sonntag nicht Ada ist, die mich besuchen will, sondern mein Enkel Jimmy, kann Fritzi erst anbringen, wie ich irr und wirr ins Kissen zurücksinke: Jimmy ist hier! sagt sie endlich, als ob es auf Erden keine grössere Freude gäbe; Jimmy! wie sie sagt, mit einem Ausrufzeichen, das einem geradezu hingerissenen Entzücken Ausdruck gibt, und das lasse ich ihr gern, wenn auch mein ohnehin mässiges Entzücken an meinem Enkel in letzter Zeit getrübt oder sogar völlig aufgezehrt worden ist von der Erfahrung, dass der Charme des jungen Mannes seinen Preis hat: Ein Besuch, ein Scheck, ist der Tarif, oder in Fritzis Fall, falls es je so weit kommt, ein Kuss, zehn Hemden bügeln. Ich will ihn nicht sehen, sage ich zu Fritzi und halte damit das Kapitel für geschlossen. Sie giesst mir Kaffee ein. Jetzt lieber nicht, sage ich noch einmal in milderem Ton, wie Fritzi, seit dem Zwischenfall mit dem Herrn Direktor karg mit ihrer Zeit, bereits unter der Tür steht. Aber sie ist schon weg und hat die Tür hinter sich zugemacht, als sei es für immer.

Sie ist böse, weil ich Jimmy nicht sehen will. Ich bin in stiller Übereinkunft einig mit ihr, dass Jimmy besser ist als Ada. Aber besser als Ada ist nicht nur noch lange nicht gut, sondern es kann sogar immer noch sehr schlimm sein. Das wiederum ist

Jimmy nicht. Nicht sehr schlimm, und nicht einmal schlimm. Man kann ihm allenfalls vorwerfen, dass er nicht mehr ist, was er war; nämlich allerliebst und klein, und auch das kann man ihm im Ernst nicht vorwerfen, weil es nicht sein Fehler ist, dass es so ist, sondern der Lauf der Welt. Statt dass Jimmy, wie er es früher tat, am Strand mit Schiffen spielt, fährt er jetzt mit auf einem Schiff, und zwar auf einem riesigen Ozeandampfer. Wo er nicht spielt, sondern sein Brot verdient; nicht als Kapitän vorerst, sondern als Barkeeper: auf einer der tieferen Stufen der Hierarchie demnach, aber doch vom obersten Posten nur um die entfernt, die dazwischen stehen: Offiziere, Matrosen; kurz, mit Ausnahme des Küchenpersonals, alle andern Männer an Bord. Aber wenn das auch manchmal nur dreissig und manchmal gegen hundert sind, je nach Schiff: wenn die einmal einer nach dem andern ins Wasser gefallen oder sonst nicht einsatzfähig sind, wegen Trunkenheit zum Beispiel, ist Jimmy an der Reihe, hat er mir erklärt. Dann schliesst er die Bar, steuert das Schiff aus dem Nordlicht hinaus in die stille Nacht und ist ein Held. So und noch viel länger hat er es auch Fritzi erklärt, wie sie mir erzählt hat, die für ihn, wie ich ohne mich zu wundern, aber doch mit Betrübnis feststellen muss, mehr Zeit hat als für mich. Obwohl sie selber ihrer Beförderung allermindestens zur linken Hand von Frau Klemm um einiges näher ist als Jimmy seinem Kommando, hat er ihr doch Eindruck gemacht. Das liegt an der frischen Brise, die ihm um die Ohren weht.

Ja, ich weiss, er ist nur auf einen Sprung hier, sage ich, wie Fritzi, seine unermüdliche Anwältin, mich noch einmal mit Jimmys ihrer Überzeugung nach völlig selbstlosem Anliegen bedrängt. Ich versuche ihr beizubringen, dass das nichts Aussergewöhnliches ist. Dass Jimmy länger als auf einen Sprung bleibt, irgendwo, ist sein Leben lang noch nie vorgekommen. Denn: Nicht dass, wie er sagt, sein Schiff, kaum in Argentinien angekommen, gleich weiter fährt in die Antarktis, von dort nach Neuseeland und von dort, wie man hoffen darf, zurück in den Heimathafen und auch

47

von dort gleich wieder weg, ist der Grund für seine Unrast, sondern seine Unrast ist der Grund für seinen unsteten Beruf. Wenn er nicht mit dem Schiff ständig unterwegs wäre, wäre er es als Artist mit dem Motorrad auf dem hohen Seil. Damit, dass mich Jimmys Weltläufigkeit beeindrucken könnte, ist es endgültig vorbei. Soviel habe ich im Haus der Ruhe immerhin schon gelernt: Dass im Grund nur zählt, was sich nicht zählen lässt. Nicht die Ankerplätze sind wichtig, sondern das Meer.

So waren Sie doch auch einmal, sagt Fritzi. Sie gibt und gibt nicht auf. Wie? frage ich. So, und wenn das heisst, dass ich bin wie Jimmy, sagt mir nichts. Bald da, bald dort, meine ich, sagt Fritzi und legt los: meinen Abstecher in die USA wirft sie mir vor, wo ich an einem Ort namens Fish's Eddy Kellnerin war und zur Erbauung der Gäste, die verdrossen in ihrem unzumutbaren Essen herumstocherten, deutsche Schlager sang. Dass ich dann, als ich von Fish's Eddy genug hatte oder Fish's Eddy von mir, zwecks Unterhaltung eines gemischten Publikums, mit dem sie offensichtlich nicht Männer und Frauen meint, von Bar zu Bar gezogen sei, von Stadt zu Stadt, wirft sie mir vor, bis ich. Nein, ich schreie nicht, aber es kostet mich grosse Überwindung. Und damit nicht genug: Eine um die andere holt sie dann aus dem Vorrat ihrer Erinnerungen an meine Erinnerungen zuerst den Zwischenfall hervor, in dem ich Blau mit einem andern Herrn gleichen Namens verwechselte, der genau so aussah wie Blau; das freilich nur, solange er stumm und es so dunkel war, dass ich sein Gesicht nicht sehen konnte. Und ferner die Sache mit Ada, als ich sie auf dem Sonntagsspaziergang verlor und bemerkte es erst am Montagmorgen, als sie zur Schule gehen sollte, so wenig, um nicht zu sagen gar nicht, hatte ich sie vermisst: Derartiges und Schlimmeres in jeder Menge wirft mir Fritzi an den Kopf, bis in Ermangelung geeigneten Nachschubs schliesslich ihre Redeflut versiegt. Das meine ich mit So, sagt sie triumphierend, wie sie wieder Atem geschöpft hat, und bevor ich noch vorbringen kann, dass So nicht so ist, ist Fritzi, die beim Reden in Liebe zu Jimmy bis in die Spitzen ihrer roten Haare hinein sichtlich heller und heller entbrennt, von neuem zu Kräften gekommen und wirft eine Handvoll nach der andern den bis anhin angeführten, leider zum Teil nicht aus der Luft gegriffenen Episoden aus meinem Leben auch noch den Bodensatz nach, der sich abgelagert hat auf dem Grund ihres mehr der eigenen blumigen Phantasie als einem aufmerksamen Zuhören abgewonnenen Begriffs von mir: eine Schaufel voll Zigarettenkippen aus Blaus Kielwasser zum Beispiel und alle Knöpfe, Brillen und Bleistifte, die ich je in meinem Leben irgendwo verloren habe; in der Hoffnung wohl, dass Halm für Halm auch diese Saat noch zum Spriessen komme und giftgrün zum Himmel schreie, wo überall und immer nur auf einen Sprung bald da bald dort ich in meinem Leben schon war. So war es nicht, sage ich, im Bedürfnis, meine Würde zu wahren, leise und bestimmt zu Fritzi, die aber immer noch nicht genug hat und weiterredet, bis ihr die Spucke wegbleibt: So sind Sie, sagt sie noch einmal, ausser Atem wie eine Kurzstreckenläuferin, die mit der Brust das Zielband zerreisst: Das ist So! Schon seit einer Weile höre ich nicht mehr Fritzi zu, obwohl ich nicht anders kann als hören, was sie sagt, sondern in mich hinein, wo sich leise zuerst, dann immer zutraulicher meldet, was ich nie erzählt habe, nicht einmal mir selber: Hier ein falscher Schritt, dort ein fatales Zögern; ein Wort zu wenig oder eines zu viel … Was vergessen ging, bevor ich es noch bemerkt hatte, taucht jetzt auf, nimmt Gestalt an, fängt an zu sprechen und setzt sich durch gegen Fritzis in Heiserkeit verebbenden Wortschwall; gegen die letzten Schaumkronen, in denen dann und wann noch einmal der Name Jimmy aufleuchtet und gleich wieder vergeht.

Sie weiss nicht, wovon sie spricht, sage ich vor mich hin und hinter ihr her, wie Fritzi nun murrend aus dem Zimmer geht und sich ärgert, weil ich nicht so sein will, wie sie sagt, dass ich bin. Meinerseits verärgert rufe ich Fritzi durch die geschlossene Türe hindurch nach, dass es eine Unverschämtheit ist, wenn sie mir sagt, wie ich war, und wenn es nur So ist: Als hätte man mich, wie ich war, in wer weiss wie vielen verschiedenen Lebensaltern ausgestopft und im Museum ausgestellt; verfügbar für jede und jeden, der glaubt, dass sich Vergangenheit aufbewahren lässt wie ein alter Hut. Sehr genau, das muss ich einräumen, weiss Fritzi dagegen, wovon sie spricht, wenn sie von Frau Klemm redet, womit sie gleich anfängt, wie sie nun, nachdem der Ärger verflogen ist, wieder hereinkommt: Dass Frau Klemm heute in die Direktorswohnung übersiedelt ist, weiss Fritzi, und dass sie von dorther die Fäden zieht. Dass Frau Klemm den Kapitän zu sich nehmen wolle, hat Fritzi ferner zu berichten; ob zu seiner Freude oder nicht, weiss allerdings niemand. Ausser dem Kapitän. Sicher ist Fritzi hingegen, dass der Kapitän bald ein wichtiges Amt erhalten soll; dass Frau Klemm ihn, wenn es nur erst klar ist, was es mit dem Schlimmer-als-krank des doch der Form nach immer noch amtierenden bisherigen Herrn Direktors auf sich hat, sogar zum Direktor machen will. Ob er will oder nicht. Denn, sage Frau Klemm, hat Fritzi gehört, es könne niemand besser als der Kapitän unser Schiff in Richtung Jenseits aus dem Leben hinaussteuern, denn der Kapitän sei obwohl unseresgleichen – damit sind wir Gäste gemeint – doch uns allen überlegen, denn er fürchte nach einem Leben auf hoher See weniger als sonst irgend jemand hier den Tod. Ausserdem sei niemand, habe Frau Klemm ferner gesagt, besser geeignet, die Verantwortung ihr von den Schultern und selber auf sich zu nehmen als er, der breitschultrige Mann mit den goldenen Streifen auf den Achselklappen, der ohnehin nichts anderes kenne, als dass er grad stehen müsse für alles, was schief gehe auf seinem Schiff und überhaupt. So rede Frau Klemm, sagt Fritzi und legt, während mir angst und bang wird, denn ich habe längst begriffen, worauf das hinauswill, ferner dar, dass, auch wenn Frau Klemm scheinbar Verzicht leiste, doch sie die sei, die den Kurs angeben werde; dass dem Kapitän in diesem Spiel nichts als die Rolle einer Galionsfigur zugedacht sei, die dorthin eine Furche in die Luft zu schneiden habe, wo Frau Klemm das Schiff hinsteuern wolle. Frau Klemm … hier fängt Fritzi an, sich zu wiederholen; Frau Klemm, sagt sie, aber ich sage aus Respekt für ihren wohlgemeinten und vielleicht sogar zu Hoffnungen Anlass gebenden Eifer nichts, bis ich genug habe und dann noch eine Weile länger. Und sage auch dann nichts Schlimmeres, als dass ich gern schlafen möchte, was in Ordnung ist, denn es ist Zeit. Fritzi aber, derart aufgebracht ist sie nicht nur gegen mich, sondern gegen die Trägheit der Menschheit als ganzes, dass sie nichts zu sagen weiss, als zu schreien: So schlafen Sie halt! Schlaft, bis das Schiff untergeht, bis ihr tot seid, bis ihr merkt wie es ist, wenn man tot ist. Schreit sie, worauf ich mich schlafend stelle, wenn nicht sogar tot, was Fritzi als Absage nimmt wenn nicht an ihre Person, so doch an ihre Bemühungen um unser aller Zukunft, vor der ich mich zu ihrer Enttäuschung mehr und mehr zurückziehe in meinen innersten stillen Kreis. Entmutigt verstummt sie also fürs erste, macht eine Pause und setzt dann in einer anderen Tonart von neuem an.

Nichts ist Ihnen recht, sagt Fritzi und reisst das Fenster auf. Wenn sie meint, dass sie so auf einen Schlag frische Luft nicht nur ins Haus der Ruhe, sondern auch in meinen Kopf hineinbringen kann, irrt sie sich. Die Luft, die ins Zimmer strömt, riecht nach Hühnermist. Das ist mir tatsächlich nicht recht. Auch nicht, dass Fritzi heute zwar nicht verschiedenfarbige Schnürsenkel, aber doch zwei verschiedene Socken trägt; dass Jimmy, so egal er mir eigentlich ist, mir nie eine Karte schreibt und dass Ada – meine Tochter – meine Tochter ist; ebenso wenig ist mir recht, dass es hier nie Schnecken zu essen gibt: Und, sage ich. Aber es fällt mir nichts mehr ein. Oder, sage ich und versuche, mich auf Übelstand schlechthin zu besinnen; – dass mir das Wetter nicht passt zum Beispiel. Nie! sage ich, aber das ist nicht, was ich sagen will. Und, sage ich. Bitte! sagt Fritzi. Nächstens werden Sie anfangen, sich über das zu beschweren, was in der Zeitung steht, und rundum brennt die Welt.

Hören Sie, wie es stürmt? fragt sie mich dann, entschlossen, zur Sache zu kommen. Wie es kracht im Gebälk, wie die Fetzen fliegen und die Fahnen knattern? Sicher, sage ich. Du bist der Sturm, ich bin die Fahne. Bald wird sie reissen, und man wird mich mit den Betttüchern auf den Flur hinauswerfen. Worauf Fritzi nicht, wie ich mit Sicherheit erwartet habe, protestiert, sondern, zu meiner Überraschung, mir zustimmt und, mit dem Kinn nach vorn gereckt und einem Blick, der links liegen lässt, auch was gut und recht ist, aussieht, als wolle sie nicht nur mit dem Kopf, sondern mit ihrer ganzen tumultuösen Person durch die Wand gehen. So kam sie mir noch nie vor.

Wenn du wüsstest, sage ich ihr. Wenn ich auch im Augenblick keine Ahnung habe, was ich weiss, weiss ich doch mindestens, dass der Satz ein guter Schachzug ist. Er öffnet beliebig viele Möglichkeiten und damit die Welt. Wenn du wüsstest, sage ich dann, wie es ist, wenn man nicht als Sturm durchs Leben geht, sondern behutsam in kleinsten Schritten von einem Atemzug zum andern, fahre ich weiter, zögere ich und … Fritzi starrt mich an, als sei ich am Sterben oder noch schlimmer. Ist es nicht, sage ich, und jetzt bin ich beinahe schon überzeugt davon, dass ich Fritzi wirklich etwas entgegenzusetzen habe; müssen wir nicht geradezu dankbar sein dafür, dass wir überhaupt noch atmen können bei allem, was in der Luft liegt; nicht nur den Lärm meine ich, den bräunlichen Dunst über den grossen Städten und dass es nach Hühnermist riecht: das gefährlichste, sage ich, und jetzt bin ich ohne wenn und aber jemand, der nicht nur seiner Sache gewiss ist, sondern geradezu ein Sendungsbewusstsein hat; das gefährlichste ist, sage ich, und das kann nicht genug wiederholt werden, und ich setze auch schon dazu an, es noch und noch einmal zu sagen: Müssen wir nicht mehr als alles andere das fürchten, sage ich und verliere dabei allmählich den Glauben an das, was ich sage, was man nicht sieht, nicht hört und nicht riecht? Wie mir nun nicht wegen der üblen Beschaffenheit der Luft als solcher, sondern wegen meiner unverhältnismässigen

Beanspruchung des immerhin beschränkten Vorrats in meinen Lungen endlich tatsächlich die Luft ausgeht, benützt Fritzi die längst erwartete Pause nicht nur, um mich unwirsch zurechtzuweisen, sondern vor allem um mir klar zu machen, dass wir nicht nur in bezug auf die Luftverschmutzung, sondern überhaupt dabei sind, auch noch die höchste Alarmstufe zu erreichen, die im Haus der Ruhe vorgesehen ist: Hören Sie, wie es stürmt? fragt sie noch einmal, dringender als vorher, und meint nicht nur den Wind, der immer stärker wird, sondern auch das Gepolter nebenan, wo der Kapitän sich wehrt gegen seine Verlegung ins Hauptquartier, wo der Hund seinen Herrn verteidigt und Frau Klemm schimpft, während der Wind die ersten Schwaden von Regen an die Scheiben wirft und mit Sintflut droht. Dass Fritzi unter diesen Umständen keine Zeit hat, sich auf meine zwar in sich zwingenden, aber doch in diesem Augenblick nicht zwingend notwendigen Überlegungen einzulassen, kann ich ihr nicht übelnehmen. Sie hat es mit dem Leben selber zu tun, wie es sich ihr unter der Hand gibt und nimmt, und weiss noch nicht, dass das Leben nicht nur unter der Hand stattfindet, wo man es packen kann, sondern vor allem unter der Haut, wo alles, was ein Mensch je war und ist und sein wird, vom Säugling bis zur Leiche, eingeschlossen ist in seinem stets sich den Umständen anpassenden, massgeschneiderten Gewand.

In meinem Kopf stürmt es Tag und Nacht, sagt Fritzi, sage ich, sagen wir beide zusammen und sind demnach mit endlich vereinten obzwar gegenläufigen Kräften selber der Sturm, der an uns rüttelt. Das Haus der Ruhe liegt in Trümmern, wenn auch die Wände mit allem, was das Haus als Haus ausmacht, noch stehen. Die Ruhe ist hin, das ist es, und mit ihr der Sinn von Fritzis Bemühungen und der einzige mir noch verbliebene Lebenszweck: die Besinnung auf den Tod. Kein Wunder, stehen wir ratlos da und wissen nicht, was gilt: Während Fritzi hin und hergerissen ist zwischen Karriere und Jimmy, habe ich mich zu entscheiden zwischen Tee und Kaffee zum Frühstück. Das ist nicht zu unterschätzen. Auch wenn Fritzis Entscheidung unser aller Wohl betrifft, weil wohl niemand hier geeigneter ist als sie, Frau Klemm in Schranken zu weisen, hat doch meine Entscheidung ebenfalls ihre Wichtigkeit, auch wenn an ihr niemand leidet oder sich freut als ich selbst: Der Zwiespalt, in dem die eine wie die andere steht, ist in Anbetracht der Proportionen des einen oder des andern Konflikts da wie dort gefährlich tief, auch wenn das nicht in Zentimetern zu messen ist. Das Kleine ist dem Grossen ähnlich, was ich schon gewusst habe, als ich noch mit meinen russischen Eiern spielte. So stehen wir da, Fritzi und ich, jede in ihrer Not, und schauen einander an, ein Herz und eine Seele nicht was unsere Wünsche, wohl aber was den sie zersetzenden Zweifel betrifft.

Auf die Dauer kann das kein Anker aushalten. Was tun wir, wenn die Kette reisst, frage ich Fritzi, die immer noch am selben Fleck steht; ratlos in ihrem Hin und Her. Kurs nehmen auf die Zukunft, sagt sie entschlossen. Damit setzt sie sich, mindestens für den Augenblick, frei. Ich frage sie, wo die Zukunft liegt. Vorne, sagt Fritzi. Wo sonst. Das weiss ich auch. Der Nase nach, sagt Fritzi ferner. Die ist unfehlbar vorn, wo immer man hingeht. Und richtet sich nach dem Wind. So Fritzi, und ich weiss nicht, ob ich sie für altklug oder für unverfroren halten soll. Beides war ich auch einmal, jedes zu seiner Zeit. Jetzt aber bin ich so weit, dass ich mich unbesorgt treiben lasse. Seit es mich einmal weiter als die meisten Menschen je gekommen sind in die Nähe des Südpols verschlagen hat, habe ich ein grossartiges Vorbild. Nämlich den Albatros, den riesigen Sturmvogel, der, wie man weiss, im südlichen Winter noch und noch einmal dem Polarkreis entlang um die Erde segelt, im einen Auge die in Richtung Pol sich verfinsternde Nacht, im andern eine Ahnung von Tag. Ein Grenzgänger ist er, wie es wenige gibt, den ich mir gern noch für eine gewisse Zeit zum Beispiel nehmen möchte. Dann aber: Fritzi steuert entschieden zum Licht hin; soll sie hinter sich lassen, was sie nicht will, und tun, was sie will. Ich dagegen überlasse mich mehr und mehr dem, was kommt. Mit geblähtem Segel gleite ich lautlos dem Eismeer zu.

Es war einmal, da fuhr ein Schiff, das sich losgerissen hatte, stracks über den Horizont hinaus ins Nichts. Dort war ich noch nie. Oft hingegen schon nahe dran; mindestens wenn man mit nichts so etwas wie nirgendwo meint, zum Beispiel den Platz zwischen den beiden Stühlen, auf den man sich bisweilen setzt, und dann staucht man das Steissbein und verbeisst sich ein Aufheulen, und die rundum verbeissen sich das Lachen, was häufiger vorkommt, als man glauben möchte, vor allem, wenn es nicht buchstäblich zwei Stühle sein müssen, zwischen denen man ins Elend gerät. Als ich auf meiner letzten Reise in Irland unterwegs war, wurde mir das Nirgendwo so alltäglich, dass ich mich daran gewöhnte wie an den Regen, der dort eine ähnliche Frequenz aufweist. Es war nämlich überall, wo ein Wegweiser stand: Wo einer abgebrochen war oder verdreht oder am Boden lag; wo die Farbe abgeblättert war oder übermalt, oder das Schild war verrostet oder es war von Efeu überwuchert. Oder es war zwar in Ordnung, aber die Ortschaft, auf die es hinwies, war nicht dort, wo sie sein sollte. Oder sie war zwar dort, war aber eine andere als die, zu der man unterwegs war. Oder sie war abgebrannt, und es ragte nur da und dort noch ein Kamin in die Höhe: Man ging und ging und kam nirgends hin. Nach einer Weile hatte man vergessen, wo man hinwollte. Was nicht so schlimm gewesen wäre, wenn man nicht an diesem Punkt jeweils vergessen hätte, dass man je etwas gewollt hatte. Was ich noch sagen wollte? Ich habe es vergessen, habe vergessen, dass –

5. Unterwegs

Ich bin auf hoher See. Mein Schiff ist die Arche Noah II, ein kleinerer Dampfer, blitzweiss, mit dem man auch zwischen Inseln hindurch oder ein Stück weit einen Fluss hinauffahren kann. Für Bequemlichkeit ist gesorgt. Tiere haben wir nur wenige an Bord: den Hund des Kapitäns, eine zugelaufene Katze und den Papagei der Sängerin, der, tot und verstaubt, wie er ist, zwar als Andenken an sich selbst mitzählt, nicht aber, wo es um die Erhaltung des geschaffenen Lebens in seiner Vielfalt geht. Uns geht es ohnehin eher als um die Erhaltung um die Erkenntnis dieses Lebens; um eine Erfassung der Natur in all ihren ständig sich ändernden Erscheinungsformen, wie sie tot oder lebendig an unserem Schiff vorbeigleitet. Angesichts des Unbekannten, das wir vor uns haben und das uns zu verschlingen droht, ist diese Arbeit für unser Überleben unerlässlich. Wenn wir es aber auch vermindern, indem wir es uns sehend, hörend, fühlend anverwandeln, gewinnt es doch über Nacht, wenn wir uns vergessen, den Raum wieder zurück, den wir ihm abgewonnen haben. Manchmal weniger, manchmal mehr. Wir dürfen also nicht annehmen, dass wir je das Unbekannte uns zu eigen machen oder auch nur ein für alle Mal in Schranken weisen können. Trotzdem halten wir aus, solange unser Schiff noch Wasser unter dem Kiel und Trinkwasser an Bord hat: Der Däne steht mit dem Rücken zum Schornstein auf dem Vorderdeck, wo er über die Möwen Buch führt. Dreizehn verschiedene Arten hat er schon registriert. Die Erlösung aus der Unglückszahl lässt auf sich warten. Die Sängerin hat einen neuen Hut, den sie sich ins Gesicht schiebt, wenn sie auf dem Liegestuhl liegt, was sie nicht daran hindert, jeden Laut in sich aufzunehmen, der ihr zu Ohren kommt. Dass sie somit zu unserem Musikgehör und – ihr Fach war Koloratur – zu einer Autorität in Sachen Vogelstimmen geworden ist, gibt ihr Gelegenheit, über alle Hoffnung hinaus am Ende ihres Lebens noch einmal voll aufzuleben. Ich selber habe es mir zur Aufgabe gemacht, die Spiegelungen der Vögel und der Wolken im Wasser zu beobachten. Das ist, was ich am besten kann. Tatsachen liegen mir weniger, hart und scharfkantig wie sie sind. Hingegen ein Flügelschlag, eine Wolke, die die Sonne verdeckt und wieder freigibt, der Wind, der das Bild im Wasser bewegt, verwischt: im Heck unseres Schiffes an die Reling gelehnt, gebe ich mich diesen Bewegungen, die meine Seligkeit sind, hin. Dass alle Gäste und das ganze Personal aus dem Haus der Ruhe mit von der Partie sind, täuscht ein Einverständnis vor, dem, wenn überhaupt, höchstens im Traum zu trauen ist. Und auch das nur auf Zusehen hin. Einige glauben nämlich zu wissen, dass auch der Herr Direktor mit uns ist; tief unten im Bauch des Schiffs, als blinder Passagier. Dass Jimmy in unserem schwimmenden Hotel die Bar betreut, versteht sich von selbst. Worauf er sich aber nicht zu viel einbilden soll, denn Fritzi hat ihn überholt. Sie kümmert sich nicht nur darum, dass wir genug zu essen haben – Tonnen von frischen Früchten hat sie für uns in Argentinien eingekauft –, sondern um überhaupt alles, was nicht Sache der Seeleute ist. Sie ist die Ranghöchste gleich nach dem Kapitän. Ihre Uniform ist mit goldenen Litzen garniert, und Frau Klemm hat sich degradiert und verbittert in ihre Kabine zurückgezogen. Keinen Finger hat der Kapitän gerührt, um die Schande von ihr abzuwenden. Seit er wieder den schwankenden Boden unter den Füssen hat, der seine feste Burg war sein Leben lang, gibt es für ihn nur eins: sein Schiff. Umsichtig ist er nicht nur auf unsere Sicherheit bedacht, er will uns ausserdem etwas zu unserer Freude und Belehrung bieten. Keiner von uns soll sterben, hat er uns versprochen, bevor er nicht erfahren hat, was ihm, dem Kapitän, Welt bedeutet: den Himmel, das Meer, das Land, wie es aus dem Dunst auftaucht und Farbe bekennt, wenn wir näher kommen; das uns da eine felsige Landzunge entgegenschiebt und dort, den fernen Bergen zustrebend, sich vor dem Wasser zurückzieht. Himmel, Wasser, Land; wie sie ineinandergreifen, einander überlagern, Aussichten eröffnen und wieder verbergen: Das ist das Schauspiel, das sich auf unserer Arche Noah II täglich vor uns abspielt. Auf der Brücke steht der Kapitän und führt uns von Horizont zu Horizont.

Rundum ist Licht. Ich stehe zuoberst im Ausguck. Über mir, eine Halbkugel, die sich ins Unendliche verliert, steht das Firmament. Nicht blau, nicht grau; beinahe durchsichtig. Das Dach meiner Welt. So fing sie an. Mit beinahe nichts, das zu Luft wurde, zu einem Hauch; zu einer Farbe, einem Klang, einem Geruch: ein Gefühl von etwas, und schon war es da und hiess die Stille vor dem Sturm. Hinter mir steht der Däne und macht sich bemerkbar, indem er: Land! ruft. Mit dem Finger zeigt er auf eine Erscheinung, die nicht, wie man meinen könnte, eine Wolke ist, sondern, und jetzt sehe ich es auch: Dass sich vor uns ein Gebirge aufbaut, das steil aus dem Meer ragt. Dass es sich verfärbt; in der Nähe des Wassers bräunlich, stellenweise grün. Weiter oben grau und weiss; Felsen und ewiger Schnee. Wir hören einen tiefen, langsam an- und wieder abschwellenden Ton. Er setzt aus. Setzt von neuem ein als ein mächtiges Dröhnen, und dann bricht es los: Tiere, die lauthals schreien, brüllen, pfeifen; die einander suchend, warnend, antwortend zurufen; wortlos im Gelächter, im Gespräch. So kommt es mir vor. Ich höre genauer hin und höre es anders. Höre kein Gespräch, kein Gelächter; nicht das Echo eines Worts. Dort, wo das Getöse herkommt, geht es nicht menschlich zu. Wenn je ein Mensch dort war, hat er keine Spur hinterlassen, hat ihn niemand bemerkt; gingen die Blicke der Tiere durch ihn hindurch, der den Tieren Luft war. Beinahe durchsichtig. Ein Schatten. Sonst nichts. Was dort drüben angefangen hat im ersten Licht des Tags ist ein Tag ohne mich, und wenn ich ihm dabei zusehe. So wird es sein, wenn wir tot sind, sagt der Däne; wenn die Menschen ausgestorben sind. Die Welt ohne uns.

Unter mir geht es in die Tiefe. Faden um Faden; bodenlos. Nie kommt das Lot auf den Grund. Weil der Faden zu kurz ist, sagt der Däne. Das kann ich nicht bestreiten. Aber es ist nicht, was ich hören will. Mir liegt am Unergründlichen. Das Meer ist abgründig, sage ich. Nun ja, sagt der Däne. Das kann man sagen. Wenn es auch nichts sagt. Jeder Abgrund hat seinen Grund, sagt er; mindestens solange Sie auf der Erde wohnen. Wenn Sie ins Unergründliche wollen, müssen Sie einen Ausflug in den Weltraum machen, schlägt er vor. Lieber nicht, sage ich und denke an die seltsame Ausrüstung der Raumfahrer. Solange man dort nicht hingehen kann wie man geht und steht, bleibe ich hier, sage ich dem Dänen. Im Wasser spiegelt sich eine Wolke. Ich mache den Dänen darauf aufmerksam. Es interessiert ihn nicht. Eine andere wirft ihren Schatten über uns. Unsere Freundschaft hat sich abgekühlt. Wenn der Däne nichts vom Unergründlichen wissen will, und das sage ich ihm ins Gesicht, ist er nicht der richtige Gesprächspartner für mich. Er blickt mich verwundert an. Ich blicke unentwegt ins Wasser hinab. Damit kann ich nie an ein Ende kommen. Denn der Abgrund hört nie auf. Wie denken Sie, dass es dort unten ist? fragt mich darauf der Däne; behutsam, wie man ein Kind um seine Meinung fragt. Ich bin verärgert über diese Behandlung und gebe mir doch Mühe, etwas zu finden, das vor ihm bestehen kann. Ich denke mir dort unten einen Raum, in dem ich mir denken kann, was ich will, sage ich ihm. In dem alles anders ist, als ich es mir denke. In dem das Unausdenkliche so gewöhnlich ist wie hier die Möwen. In dem ein Schwarm Fische durch den andern hindurchgeht wie ein Kamm durchs Haar.

Man sagt, dass Jonas im Bauch des Wals Ausblick hatte auf die Meerwunder, die draussen vorüberzogen, sagt der Däne nach einer Weile. Wir sind uns näher gekommen durch die kleine Verstimmung. Meerwunder! Das ist es, worauf ich aus bin. Wozu sonst bin ich hier unterwegs? Der Wal, mit dem Jonas durchs Meer fuhr, fährt der Däne weiter, war eigens für ihn schon bei der Erschaffung der Welt gebaut worden. Sein Bauch war ein geräumiges Haus, und seine Augen waren Fenster, durch die Jonas sehen konnte, was draussen geschah; in einem geheimnisvollen, seither längst erloschenen Licht. Meerwunder! sage ich noch einmal. Ich kann davon nicht genug bekommen. Waren das die Meerengel, Meersterne, Meerkatzen? Das steht nirgends, sagt der Däne. Man kann sich denken, was man will. Auch Nixen? frage ich. Auch Nixen, sagt der Däne. Alle ausser der, die in Kopenhagen auf dem Trockenen sitzt. Die ist Dänin geworden und will nicht mehr ins Meer zurück. Daran denke ich, wie ich später in meiner Koje liege und zum Bullauge hinüber blicke. Ich sehe, dass es draussen hell ist. Keine Spur von Meerwundern. Ein alles andere als geheimnisvolles Licht. Noch schweben wir über den Abgründen. Noch ist unser Schiff nicht untergetaucht. Dann und wann und immer häufiger klatscht eine Welle an die Scheibe. Es ist ein Sturm im Anzug. Das ist mir einstweilen Wunder genug. Das Schiff schlingert und stampft. Ich liege in meiner Koje und kralle mich mit den Zehen an der Matratze fest, damit ich nicht hinausfalle. Ich liege im Bauch des Schiffs und warte auf meine Geburt.

Es kommt einer und schraubt das Bullauge zu. Der, der kommt, ist zu zweit und heisst Max und Maureen. Sie trägt ein getupftes Kleid und hat sich Zöpfe wachsen lassen. Er hat eine Matrosenmütze auf dem Kopf und blickt mit seinen neun Jahren in die Welt wie ein Mann. Wir sind vom technischen Dienst, sagen die beiden aus einem Mund und steigen auf mein Bett. Treten mir auf den Bauch und versuchen, das Bullauge zu erreichen. Ich will! sagt Maureen. Das ist meine Sache, sagt Max, drängt sie weg, klappt den Deckel zu und weiss nicht weiter, weil es jetzt dunkel ist. Maureen stösst den Deckel wieder auf und holt ihre Taschenlampe hervor. Das kann ich auch, sage ich und zünde meine Leselampe an, froh, dass ich doch auch noch zu etwas gut bin. Max klappt von neuem den Deckel zu. Maureen hat die Finger drin und schreit. Ich erschrecke, wie ich sie schreien höre und schreie auch. Frauen! sagt Max und schraubt den Deckel fest. Das kann nur er. Er ist ein Mann. Wenn das nicht richtig gemacht wird, drückt eine Welle das Fenster ein und den Deckel auf, und dann haben wir die Bescherung, sagt er. Sorgfalt ist des Seemanns erste Pflicht. Maureen kichert. Du hast gut lachen, sagt Max. Die Verantwortung liegt bei mir, sagt er und eilt weiter in die nächste Kabine. Es eilt. Der Sturm wird schlimmer. Maureen springt vom Bett, vertritt sich den Fuss und eilt so gut es geht Max nach. Ich drehe mich um im Bauch meiner Mutter und stemme meine harten Fersen gegen ihren Magen. Mir träumt, ich sei im Bauch eines Schiffes und müsse aus meiner Koje fallen. Meine Mutter stöhnt und wirft sich im Bett hin und her. Das Schiff schlingert und stampft. Das Schaukeln beruhigt mich. Ich weiss nicht, ob ich schlafe oder träume. Das ist kein Widerspruch, sagt jemand, den ich im Dunkeln nicht erkennen kann. Das müsste mir Angst machen. Ich bin jenseits der Angst und fürchte mich nicht.

Im Finstern bin ich einem Wissen auf der Spur, an das ich nie auch nur im Traum gedacht habe. Es hängt an einem Faden. Ich lehne mich weit hinaus über die Reling und versuche, es hereinzuholen. Ein Faden an den andern geknüpft geht durch meine Finger: Damit lässt sich das Meer ausloten bis zum Grund. Was am Faden hängt, ist kein Lot. Es ist lebendig und leistet Widerstand: Ein Meerwunder, denke ich. Oder schlicht ein Fisch. Der Faden zerschneidet mir die Hände. Das Meerwunder, das vielleicht nur schlicht ein Fisch ist, kämpft um sein Leben. Ich weiss, dass ich meine Beute um keinen Preis entwischen lassen darf, weil an ihr mein Leben hängt; an einem Faden, den ich mit meinen blutigen Händen nicht mehr länger halten kann, der mir entgleitet: Das Meerwunder, das vielleicht nur schlicht ein Fisch ist, hat gesiegt. Das ist aber bei weitem nicht so schlimm, wie ich gedacht habe. Ganz im Gegenteil. Immer noch bin ich, wenn auch von der ungewohnten Anstrengung ermüdet, unbeirrbar hinter jenem Wissen her; näher als zuvor, denn ich habe jetzt erkannt, dass es nutzlos ist, wenn ich mich anstrenge. Diese Einsicht ist eine grosse Errungenschaft für mich. Das Wissen, das ich so lange verfolgt habe, macht rechtsum kehrt und kommt auf mich zu. Wie der Traum zuende ist, halte ich es in der Hand. Es fühlt sich an wie ein Küken. Flaumig, warm. Sein Herz klopft. Es ist mein eigenes. Ich lasse es frei, worauf es sich in den Himmel schwingt und ein Vogel wird. Schon immer wollte ich ein Vogel sein. Das ist mir bisher noch nie eingefallen, aber jetzt weiss ich, dass das von Kind auf mein Ehrgeiz war.

Der Traum ist nicht zuende. Ich steige aus meiner Koje. Ich schwanke. Das Schiff schwankt. Die Treppe, auf der ich mich, ans Geländer geklammert, Stufe um Stufe vorwärts bewege, geht bald bergauf, bald bergab. Ich höre irgendwo im Bauch des Schiffs Kinder oder Ratten rumoren. Der blinde Passagier, der vielleicht der Herr Direktor ist, schreit laut auf aus Angst vor den Ratten oder vor dem Sturm. Frau Klemm öffnet die Kabinentür und beschwert sich; weil sonst niemand hier ist, bei mir. Ich bin nicht zuständig, sage ich mit einer Entschiedenheit, die mir sonst fehlt. Wie nun trotz meiner entschiedenen Abwehr auch noch die Sängerin gelaufen kommt und getröstet werden will, wird es mir zu viel. Es fehlt nicht viel, und unser Schiff ist mit aller Unruhe, die das mit sich bringt, wieder das alte Haus der Ruhe. Wie es im Märchen geht, wo die Hütte zum Palast wird, und am nächsten Morgen ist sie wieder, was sie war. Ich stehe unter der Tür, die aufs Deck hinaus oder in den Garten führt, und traue mich nicht über die Schwelle. Fritzi! rufe ich. Fritzi! An ihrer Stelle kommt Maureen gelaufen. Sie trägt eine weisse Schürze und Holzschuhe. Sie hat die Zöpfe abschneiden und sich eine Frisur machen lassen. Ihre Haare sind rot: wenn ihr nicht ein gewisses Feuer abgehen würde, könnte man sie für Fritzi halten. Klein wie sie ist, strebt sie ihr nach, wächst sie allmählich in sie hinein. Wo ist Fritzi? frage ich. Ich bin Fritzi, sagt Maureen. Ich tue ihr den Gefallen und nenne sie Fritzi. Wer weiss, ob sie vielleicht nicht doch: seit ich im Besitz meines neuen Wissens bin, weiss ich, dass vieles möglich ist, das kein Mensch für möglich halten würde. So war es zum Beispiel vor kurzem noch nicht denkbar, dass der Kapitän je wieder ein Schiff kommandieren würde. Jetzt ist er dreissig Jahre jünger, als er eben noch war, und fürchtet sich weder vor Eisbergen noch vor den berüchtigten Stürmen rund ums Kap Hoorn.

Haben Sie keine Angst vor dem Tod? fragt mich der, der hinter mir auf der Schwelle des Traums steht. Ich habe ihn nicht kommen hören. Ich scheue mich davor, mich nach ihm umzudrehen. Wenn er mich nicht siezen würde, würde ich annehmen, er sei Blau. Aber warum sollte der mich siezen? Hat er im Tod vergessen, wer ich bin? Oder es ist dort Sie die einzig mögliche Anrede. Er tritt näher an mich heran. Ich möchte gern abklären, ob der, der mit mir auf der Schwelle des Traums steht, Blau ist oder irgendeiner, und drehe mich nun doch nach ihm um. Und gleich wieder weg. Der, der mit mir auf der Schwelle des Traums steht, hat weisse Haare. Was freilich nicht heisst, dass er nicht doch Blau sein könnte. Wer weiss, ob nicht die Toten, sofern sie sie noch nicht haben, weisse Haare bekommen auf der Überfahrt, wie andere, wenn sie Sorgen haben, über Nacht. Und dass der, der mit mir auf der Schwelle des Traums steht, keine Brille trägt und Blau trug eine: Wie oft hat nicht Blau, als er noch am Leben war, die Brille weggelegt, weil man, wie er sagte, auch halb blind noch sehr viel mehr sah, als gut war. So blickte er, wenn er traurig war, durch trübe Fenster in eine verhangene Welt. Ich bin entsetzt darüber, dass ich mich nach nichts anderem richten kann als nach diesen äusserlichen Merkmalen, wo ich doch so lange mit Blau gelebt habe. Der, der mit mir auf der Schwelle des Traums steht und ebensogut Blau sein kann wie irgendeiner, überreicht mir ein graues Buch. Das ist mein Leben, sagt er und blickt mir ins Herz. Das habe ich so noch nie erfahren. Das kann nicht irgendeiner sein, wie käme der dazu nach so kurzer Bekanntschaft. Mein Herz dreht sich mir unter dem Blick des Mannes, in dem ich nun beinahe mit Sicherheit Blau erkenne, im Leib herum und zeigt sich ihm von allen Seiten. Das ist mir peinlich. Wer weiss, was es da zu sehen gibt: der, der mit mir auf der Schwelle des Traums steht, hat Röntgenaugen, was man auch, trotz seiner Kurzsichtigkeit, von Blau sagen konnte, wenn sich auch diese besondere Schärfe des Blicks im Tod noch beträchtlich entwickelt zu haben scheint. Ich bin durchschaut. Um meine Verlegenheit zu verbergen, schlage ich das Heft auf. Was nun ihn verlegen macht. Er tritt einen Schritt zurück. Ich sehe gleich, dass es in dem Heft kaum etwas zu lesen gibt. Umso mehr zu sehen: Trockene Blumen und Schmetterlingsflügel sind drin eingeklebt; Zeitzeichen, Lebenspläne, Fahrkarten, Erinnerungsfetzen. Da und dort ein Wort, eins mit dem andern verbunden durch Leuchtraketen, Schallwellen, Wegweiser. Das ist ein Leben, das weitergeht bis zum Ende der Zeit, weiss ich mit einem Mal so sicher, wie man weiss, dass man noch atmet. Du lebst noch! sage ich zu Blau. Er ist fort. Er ist wohl nur ein paar Schritte zurückgetreten in den Schatten des Traums. Das Licht ist nicht gut für seine Augen. Ich kann nicht vom Fleck. Ich bin mit seinem Geschenk allein.

Wer in diesen Breitengraden ins Wasser fällt, ist tot, bevor er weiss, dass er fiel, sagt der Kapitän. Wir stehen bei den Rettungsbooten, auch der Papagei ist dabei, und üben Schiffbruch. Rund um uns ist Eis: Berge, flache Schollen und die Trümmer der dünnen Eisdecke, die unser Schiff auf seiner Fahrt in Richtung Südpol aufbricht. Fetteis nennt man solches Eis. Geronnenes Fett auf einer kalten Suppe. Das Schiff fährt so langsam, dass es beinahe stillsteht, und hat doch seit gestern riesige Distanzen hinter sich gebracht. Ob aber gestern hier ist, was man gemeinhin unter gestern versteht? Nächte haben seit einer Weile kaum mehr stattgefunden. Wie soll man da die Tage zählen? Wann sahen wir das letzte Grün? Wir fahren dem Ungeschaffenen zu. Wir müssen dorthin, auf eigene Gefahr. Bald wird alles eins sein: Himmel und Erde, Erde und Wasser nichts als Weiss, Eis; Mitternacht gleich Mittag und früh gleich spät. Ob es noch der Mühe wert ist, sich ums Überleben zu bemühen? frage ich den Kapitän. Ich gebe keinen auf, bevor er tot ist, sagt der. Mit dieser Haltung beweist er seine Grösse. Mir wäre lieber, er liesse sich auch einmal gehen; liesse zu, dass ich mich gehen lasse. Die Verlockung, gerade jetzt und hier mit Atmen aufzuhören, wo es doch ohnehin bald einmal sein muss, ist gross. Was sonst nur unter Qualen zustandezubringen ist, wäre hier mit einem Sprung erledigt. Ich gehe einen Schritt nach vorn. Zurücktreten! sagt der Kapitän und erklärt uns das Vorgehen im Ernstfall. Der ist zwar längst eingetreten, sagt er. Der beginnt mit der Geburt; das, worauf wir uns hier vorbereiten, ist seine Verschärfung im Tod. Wie er nun jedem seinen Platz im Rettungsboot zuweist, wird er unterbrochen durch einen Tumult im Innern des Schiffs, der auch schon ins Freie überquillt und einen blinden Passagier zutage fördert. Verfolgt von Jimmy stolpert einer, der nach seinen Kleidern zu schliessen einmal ein Vorbild männlicher Eleganz gewesen sein muss, ungewaschen, unrasiert, ganz und gar verwahrlost aufs Deck und bringt kein Wort heraus. Der Herr Direktor! sagt Fritzi. Nein! schreit Frau Klemm, die sich trotz ihrer ungebrochenen Anmassung wie alle andern auch zur Rettungsübung hat bequemen müssen. Alle lassen starr vor Schreck alles fallen, was sie in den Händen haben. Nur der Kapitän bewahrt Fassung und bittet den, den auch ich beinahe mit Sicherheit für den Herrn Direktor halte, hinein in den Speisesaal. Wohin wir alle den beiden nachgehen, wie wir uns wieder rühren können, um zu sehen, was kommt; was der, der wohl ohne Zweifel der Herr Direktor ist, zur Erklärung seiner Abwesenheit und der rätselhaften Umstände seines Abgangs vorbringt. Das ist vorerst nichts, denn er kann und kann die Sprache nicht wieder finden. Nur wie er Frau Klemm sieht: Die! sagt er und zeigt mit dem Finger auf sie. Die hat mich … Und schon ist es wieder aus. Was hat sie ihn? fragen wir uns und bringen alles noch einmal vor, was wir uns bisher gedacht haben, und noch einiges dazu: in den Keller gesperrt, bewusstlos geschlagen, betrunken gemacht, ins Irrenhaus eingewiesen, ins Gefängnis gebracht, im Hühnerstall versteckt … Der Hühnerstall, sagt

Fritzi. So riecht, so sieht der Herr Direktor, mit Spinnweben und Stroh im Haar, aus. Der Kapitän aber gibt sich, was für seine grosse Erfahrung auch im Ungewöhnlichen spricht, nicht so leicht zufrieden. Er entlässt uns mit einer Handbewegung, die geradezu königlich ist, und führt den Herrn Direktor und Frau Klemm in sein Quartier. Dort wird er der Sache auf den Grund gehen und zu Gericht sitzen. Wie das wohl ausgehen wird? Ich habe wieder ein Interesse in meinem Leben und will nicht ins Wasser springen, bevor sich die Frage klärt.

Manchmal denke ich, ich bin tot und habe es nicht bemerkt, sage ich zu Fritzi, die mit dem Frühstück hereinkommt, das Tablett auf den Tisch stellt und gleich das Fenster aufreisst. Ich höre die Glocken läuten und sehe, dass Fritzi weint. Das heisst, dass ich tot bin. Du musst nicht weinen, sage ich zu Fritzi. Das ist nicht so schlimm, wie man denkt. Dass der Kapitän gestorben ist, soll nicht so schlimm sein? sagt Fritzi entrüstet. Sie sind wie alle Alten. Solange es Sie selber nicht trifft … Nein! schreie ich, flüstere ich erschrocken. Das darf nicht wahr sein. Der Kapitän? Eben noch … Fritzi bringt mich zum Verstummen mit einem Blick, den ich noch nie an ihr gesehen habe. Ich glaube, sie zweifelt an meinem Verstand. Die Leintücher liegen draussen auf dem Flur, sagt Fritzi. Der Hund heult. Frau Klemm ist ausser sich, und im übrigen geht alles drunter und drüber. Da stürmen auch schon Max und Maureen ins Zimmer; ohne Umstände aus dem Traum in den hellen Tag und verkünden, dass der Direktor zurück ist. Aus dem Hühnerstall? frage ich. Das versteht niemand. Aus dem Schlimmer-als-krank, sagt Maureen, für die das ein Wort, ein Ort ist; neugeboren ist er, sagt sie oder sagt Max, und beide sagen: Der Herr Direktor ist ein anderer Mensch. Und wie Fritzi fragt, was damit gemeint sei: Schau selber, sagt Max und Maureen sagt: Es ist ein gewisses Etwas. Etwas, stelle ich nun fest, wie ich ihr ins Gesicht blicke, ist auch anders an Maureen. Ist es, dass sie bleicher ist als sonst, dünner, stiller? Ich blicke noch einmal hin und stelle fest, dass sie nicht nur bleich ist, sondern durchsichtig, nicht nur dünner, sondern nur noch ein Faden und jetzt gar nichts mehr, nicht nur stiller, sondern ohne einen Laut verschwunden aus dieser Welt. Ich weiss nicht, was ich davon halten soll. Ob mein Traum wirklich zuende ist, oder ob er, zum Verwechseln unserem Alltag ähnlich, immer noch andauert? Fritzi hat immer noch ihren bis anhin noch nie dagewesenen Blick, wenn sie mich ansieht. Will sie mir damit sagen, dass ich nicht mehr bei Verstand bin? Ich muss mir darüber Klarheit verschaffen. Wo ist Maureen? frage ich alle, die hier sind. Es sind noch andere im Zimmer ausser Fritzi und Max und vielleicht Maureen; fremde Menschen, die hier nichts zu suchen haben. In Irland, sagt Fritzi. Und sie heisst nicht Maureen. Wo sind wir? frage ich weiter. Hier, sagt Max. Es tut mir weh, dass er es wagt, sich derart über mich lustig zu machen. Weil ich aber im Augenblick für Unsinn keine Zeit habe, sehe ich darüber hinweg. Wo ist hier und wer ist wir? will ich wissen. Ferner ob es wahr ist, dass der Kapitän gestorben ist, dass der Direktor zurückgekommen ist, und dass … ich weiss nicht weiter. Fritzi sagt nichts, und Max hat sich davongemacht. Nach Jimmy muss ich fragen, nach Frau Klemm, wenn ich meinen Verstand beweisen und mir Respekt verschaffen will. So viele Fragen, so viele Antworten. Ich gebe auf und schliesse die Augen. Guten Tag! sagt Fritzi, stösst die Türe auf, stellt das Frühstückstablett auf den Tisch und macht das Fenster auf. Wie jeden Morgen. Draussen läuten die Glocken. Es ist Sonntag, sagt sie. Das heisst frische Semmeln mit Butter und Honig. Das wird den Dänen freuen. Solange ich das weiss, bin ich bei Verstand.

6. Zum Zeitvertreib

Ein Fisch ist kein Vogel, sagt Fritzi und nimmt mich in die
Zange mit ihrem Blick. Sie meint damit nicht das Tierreich, das
mit dem Hühnerhof und dem Fischteich in unseren Garten übergreift und mit dem Himmel voller Schwalben ins Grenzenlose
ausufert, sondern sie meint das überhaupt, und im besonderen
meint sie mich und meinen Begriff von Welt. Ich soll Farbe
bekennen und ja sagen oder nein. Meinungen soll ich haben
zu dem, was sich hier tut, und vor allem zur Zukunft unserer
Ruhe: Ob der Herr Direktor wieder zu uns zurückfinden werde
aus seinem Schlimmer-als-krank; ob man nicht fürchten müsse
oder vielleicht sogar dürfe, dass es zuende sei mit ihm und seiner
Zeit; dass es Zeit sei, sich zu entscheiden für oder gegen Frau
Klemm, die nun schon so lange den Herrn Direktor vertritt; für
oder gegen den Kapitän, der der Form nach Frau Klemm in ihrer
Vertretung des Herrn Direktors vertritt, weil nun einmal auch
jetzt noch die meisten lieber einen Mann an der Spitze sehen als
eine Frau, besonders wenn er goldene Litzen an den Ärmeln hat
und Augen, die aufs Meer hinaus blicken, wo immer er steht,
und sei es am Fischteich. Für oder gegen Fritzi vor allem, die jetzt
oder nie, und zwar, wie sie meint, mit Jimmy an ihrer Seite, den
Laden hier übernehmen und klare Verhältnisse schaffen will, wie
sie sich ausdrückt. Denn für Fritzi ist ein Vogel ein Vogel und ein
Fisch ein Fisch. Ein für alle Mal hat sich ihr das Chaos geschieden in Licht und Finsternis, in gut und böse, in Brauchbares
und Müll und, sofern es Müll ist, in Blech, Glas, Papier, Plastik,
Hühnerfutter und Kompost; – hat es sich geschieden und muss
es sich ständig von neuem scheiden bei all dem Müll, der tagtäglich anfällt, und das in einem fort am laufenden Band. Das sind
zwar nicht Fritzis Worte, aber sie meint doch genau das, wie sie
mir nun im Feuer ihres Eifers verkündet, dass jetzt endlich ein

für alle Mal festgelegt werden müsse, dass Entweder nicht Oder sei und Weder nicht Noch.

Das gilt schon seit dem Sündenfall, sage ich, um Fritzi von der Höhe ihrer Empörung auf das Bärenfell zurückzuholen, das mir als Bettvorleger dient; von dem sie sich in ihrem Überschwang gefährlich weit abgehoben hat, obwohl sie immer noch mit dem einen Fuss auf den Augen und mit dem andern auf der Schnauze des einst von Blau erlegten Tiers steht. Vor allem geht es mir darum, dass sie mich endlich in den Garten bringt. Was ich wirklich von Fritzis Haltung halte, vor allem in Bezug auf Jimmy, erzähle ich dann den Fischen, wenn ich auf meiner Bank am Teich sitze, nehme ich mir vor; den Fischen oder noch besser dem Dänen, wenn er sich, was seit Wochen fast jeden Tag geschieht, neben mich auf die Bank setzt, wo er seine tägliche Semmel isst und auf den Spatz wartet, den er mit Brosamen füttert und auf die Katze, die jeweils den Spatz vertreibt und auf die Fische spitzt. Aber dazu kommt es heute nicht. Wie ich mit Fritzi den Flur entlang gehe, sehe ich durch die offene Türe die Sängerin, die in ihrem schönsten rüschenbesetzten Nachthemd im Bett sitzt, und die Decke hat sie weggeworfen, und sie weint. Das gab es noch nie. Schimpfen, ja. Auch, in Trotz oder Verzweiflung, Schweigen, bis die Stille dröhnte. Aber Tränen? Dass ihr die jetzt kommen, ist gut. Wann sonst, wo sie doch so alt ist, soll sie weinen, meint Fritzi, wie wir nun zur Sängerin hineingehen in der Absicht, ihr Beistand zu leisten in ihrer Not. So hat man sie es gelehrt. Ich bin nicht so sicher, dass es gut ist; jetzt, wo sich nicht mehr gut machen lässt, was schlimm steht. Wer weiss, ob da nicht die Sängerin trotz Korsett beim Weinen aus dem Leim geht, und dann ist sie nicht mehr wer sie war, sondern ein Häuflein Elend, und von dem bis zum Häuflein Asche in der Urne ist es nicht weit. Bereits kommt ihr Gesicht ins Schwimmen. Der Mund geht auf, und die Hände, die sie eben noch in Abwehr über der Brust verschränkt hat, fallen auseinander, gleiten vom Bauch auf die gespreizten Beine und von dort aufs Leintuch hinab. Die Tränen fliessen langsamer. Versiegen. Trocknen in krummen Spuren auf der Wange ein. Immer noch sitzt die Sängerin aufrecht im Bett, mit offenen Augen. Blickt uns nicht an. Blickt einen Vorhang vor sich hin, hinter dem sie sich verbirgt wie hinter einer Wand. Sie sieht uns nicht. Dagegen sehen wir sie nur allzu deutlich. Fritzi will etwas tun und tut dann doch nichts, weil es nichts zu tun gibt. Ich setze mich zur Sängerin aufs Bett, obwohl die Matratze schon unter ihrem Gewicht beinahe bis zum Boden durchhängt. Wo Fritzi nicht weiss was tun, weiss ich nicht was sagen. Das Bett ächzt. Die Sängerin atmet. Für anderes ist im Zimmer kein Platz mehr. Es wird eng. Die Enge macht mir Angst. Aug in Auge mit der Sängerin, die nicht mit der Wimper zuckt, halte ich die Angst in Schach. Der Kampf zwischen ihr und mir ist unentschieden. Ich rühre mich nicht aus Angst, die Angst könnte mich dann bemerken, anfallen und verschlingen. Es wäre dann die Angst eine Sängerin und die Sängerin wäre der Wolf. Es muss etwas geschehen. Was kann ich tun? Ich schiebe den Entschluss zu diesem oder jenem Entschluss auf, indem ich darauf warte, dass etwas geschieht. Wie ich den Entschluss zum Aufschieben des Entschlusses fasse, geschieht auch bereits, worauf ich gewartet habe: Der Kopf der Sängerin schlägt gegen die Wand und sinkt ihr auf die linke Schulter. Damit ist zwar noch nicht die Sängerin überhaupt, aber doch die Person gestorben, die wir gekannt haben. An ihrer Stelle sitzt, geknickt, eine andere auf dem Bett, die nicht nur dem Bild über dem Bett, sondern auch sich selber nicht mehr gleicht; die keinem Menschen mehr ähnlich sieht, sondern eher einer Pflanze. Die wächst sich nun gewaltig aus, bis das Zimmer voll ist; ein wucherndes Geflecht aus Licht und Schatten, das lilienhaft aufblüht, uns betäubt mit seinem Geruch und dann vor unseren Augen erlischt und zerfällt. Keinen Ton wird die Sängerin mehr von sich geben. Der Speichel rinnt ihr übers Kinn. Sprachlos wie sie ist: Noch nie hat sie soviel gesagt wie jetzt, wo sie leibhaftig sagt, was Sterben ist. Dass sie sich entfällt, sagt ein letzter, sich verirrender und gerade darin wieder sich findender Blick. Dass sie angekommen ist, wohin sie sich vor-

71

ausging; nicht mehr eine Sängerin jetzt, sondern ein Wesenloses. Fritzi sagt, es ist zuende, und nimmt mich am Arm. Überzeugt davon, dass es nicht gut ist für mich, wenn ich mitansehen muss, was mir selber so nah bevorsteht, führt sie mich in den Garten, wo heute endlich einmal die Sonne scheint. Ich setze mich auf meine Bank. Wo bereits der Däne sitzt, und Fritzi stellt sich vor uns hin, strahlend im Licht ihres feuerfuchsroten Schopfs und sagt, was man sie gelehrt hat. Nämlich: Es ist gut, dass die Sängerin so sterben durfte. Sie wusste nicht, wie ihr geschah.

Ich habe da so meine Zweifel, sagt der Däne, der heute keine Semmel bekommen hat, darum keine Fische füttern und auch die Katze nicht ausschimpfen kann, die ihrerseits nicht erschienen ist, weil ohne die Verlockung der Brosamen auch der Spatz sich nicht hierher bemüht hat, den die Katze zu verjagen pflegt, bevor sie sich den Fischen zuwendet. Ich auch, sage ich und blicke den Dänen erwartungsvoll an. Aber woran? Das ist zweifelhaft, sagt der Däne, und löst damit einen wahren Bergsturz von Zweifeln aus, der alles mitreisst, was an meinem Horizont noch feststand: mit dem Berg die Wolken, mit dem Himmel das Licht, mit dem Tag die Nacht. Eine Gewissheit immerhin bleibt stehen: dass der Zweifel aller Zweifel kein anderer ist als der, ob wir noch am Leben sind oder ob wir uns das nur einbilden. Gibt es da keine Probe? frage ich. Wer soll sie beurteilen? fragt er zurück. Das ist leider keine Frage, sondern bereits, auch wenn es eine Frage ist, die Antwort. Sitzen wir nicht beide auf derselben Bank? Ist nicht unser Meer ein Teich und unser Teich am Versickern? sagt er und versucht, mit seinem Stock ein zerknülltes Stück Papier aufzuspiessen, das im Gebüsch liegt; eine anspruchsvolle und nicht ganz aussichtslose Tätigkeit, über der er mich und meine Fragen vergisst.

Die Wahrheiten haben ausgedient, sage ich zerstreut. Eigentlich habe ich etwas anderes sagen wollen. Aber sobald ich etwas sagen will, schwimmt es mir weg wie die Fische, die sich, wie nun doch noch die Katze gekommen ist, obwohl der Spatz nach wie vor ausbleibt, zurückgezogen haben an den äussersten Rand des Teichs, wo das Gebüsch ins Wasser hängt und ihnen Schutz und Schatten gibt. Das habe ich beides nicht. Die Sonne brennt, ich habe den Hut vergessen, und zwischen mir und dem Weltraum ist nichts als ein blauer Hauch. Der Däne hört nicht zu. Das kann ich ihm nicht übelnehmen. Die Wahrheit von den überfälligen Wahrheiten erledigt sich selbst. Der Däne sticht noch und noch einmal nach dem Stück Papier und bringt es endlich an sich, indem er es mit der Spitze seines Stocks an den Boden presst und durch Unkraut und Kies zu uns heranzerrt. Ist es ein Brief? frage ich. Von Ihnen? fragt er. Und an wen? Diese Fragen sind nicht nur übereilt, wo es noch nicht einmal feststeht, ob das Stück Papier wirklich ein Brief ist oder nur eine zerrissene Tüte, sondern sie sind auch ungehörig. Das sage ich ihm und frage, wie er dazu kommt, sich so zu benehmen, wo das sonst wirklich nicht seine Art ist. Sicher nicht, sagt er. Sonst. Aber was wollen Sie? Wo wir nun einmal sind, am äussersten Rand der begehbaren Welt, müssen wir auf Umschweife verzichten. Zum ersten Mal, seit wir hier sitzen und uns mit wachsender Anstrengung gegen den Tod zur Wehr setzen, der nach seinem Sieg über die Sängerin wohl bereits seinen nächsten Angriff plant, blicken wir einander ins Gesicht. Warum sprechen wir noch, frage ich den Dänen, wo wir der Sache schon so nahe sind, dass wir sie beinahe mit Händen greifen können? Oder sie uns, sagt der Däne, falls Sie mit der Sache den Tod meinen, der freilich keine Sache ist, sondern eine andere Welt. Der Däne hat es, auch wenn wir auf der gleichen Bank sitzen, mit dem Sterben schon weiter gebracht als ich. Das zeigt sich darin, dass er sich in Schweigen hüllt, wenn er spricht; dass alles, was er sagt, sich in einem Schleier verfängt, in dem der Sinn seiner Worte mit dem Wind hin und hergeht, Falten wirft und manchmal auch sich eigenartig trübt. Wir sprechen, um unsere Gedanken fliegen zu lehren, sagt er und fängt, da er inzwischen das Stück Papier neben sich auf die Bank gelegt und notdürftig geglättet hat, an, mit seinem Stock Figuren in den Kies zu ziehen. Die sind, in der Bewegung des Stocks eher als in der Spur, die er zurücklässt, ein Rätsel. Ich schaue ihm zu, bis er aufhört und mich fragend ansieht, und sage dann, aufs Geratewohl zwar, aber so bestimmt, wie ich mich noch kaum je geäussert habe:

Flüsse stocken und fliessen rückwärts ihren Quellen zu. Das ist es, was sein Stock mir sagt. Da dieser Satz keine Wahrheit ist, dürfen Sie ihn ohne alle Bedenken äussern, sagt der Däne, der wohl früher einmal Lehrer war und weiss, wie man seine Schüler ermutigt. Wenn auch der Satz nicht mehr sagt als ein Film, der rückwärts läuft oder der Kinderreim von der verkehrten Welt, sagt er weiter; nicht um mich zu beleidigen, sondern weil er weiter kommen will mit seiner Expedition in unbekanntes Gebiet. Ich verstehe das. Er will, wie ich auch, noch möglichst viel von der Welt sehen, ihre äussersten Ränder abtasten, bevor das Unbekannte uns verschluckt. Sehr höflich und behutsam sagt er dann, dass er sich das nicht so denkt mit den Flüssen; nicht dass sie flussaufwärts zurück zu den Quellen gehen, sondern eher, sagt er und blickt auf den Teich, aus dem da und dort ein Büschel Gras herausragt, dass sie versickern und dann anderswo wieder zutage treten. Auf einem andern Kontinent vielleicht, oder sogar in einer andern Zeit oder auf einem andern Stern. Ich bin begeistert von diesem Vorschlag, weil er, wenn auch immer noch in der Sprache, in der wir uns bisher miteinander verständigt haben, wirklich etwas anderes bringt, als was wir je in Worte gefasst haben. Immerhin habe ich einen Einwand: Wie man wissen könne, dass jener Fluss dort drüben der selbe sei wie der hier? will ich wissen. Und er: Genau darum geht es, sagt er, dass man das nicht weiss. Ist nicht, sagt er, im Grund alles vom gleichen Wasser, unser Teich und das Meer und die Milchstrasse und der Strom der Zeit? Ich weiss nicht, was ich dazu sagen soll. Das ist genau, was der Däne bezweckt hat. Es ist soweit, sagt er, zufrieden mit sich und dem Erfolg seiner Pädagogik, und ich merke, dass, wenn auch noch zögernd, meine Gedanken vom Weg abkommen und fremd gehen; nicht mehr auf Wegen, sondern eher in den Zwischenräumen, Grauzonen, die ich gewöhnlich ausser acht lasse. Ich blicke ins Grüne wie bisher noch nie. Der Garten mit seinen Buchsbaumbordüren, Blumenbeeten ist nicht mehr, was er war. Wo er sich eben noch in die Tiefe erstreckte bis zur Mauer, hinter der die Obstbäume stehen, die ihrerseits bis an den Wald hinanreichen, bricht er jetzt gleich vor der Bank ab und ragt in den leeren Himmel hinaus, und der Himmel ist nicht mehr der Himmel, sondern das unbeschriebene Blatt, auf dem unsere Zukunft steht. Das haben Sie sehr gut verstanden, sagt der Däne, wie ich mich ängstlich an der Bank festhalte, damit ich nicht in den Abgrund falle. Nichts habe ich verstanden, sage ich. Unfreundlich, denn ich habe diese Betrachtungen über nichts und abernichts satt. Aber der Brief? frage ich ihn dann, um wieder Boden zu gewinnen in unserem Gespräch. Was ist mit dem Brief?

Es kommt vor, dass Fische sich auf dem Grund des Meeres flachlegen und ratlos ihre beiden Augen gegen den Himmel richten, sagt der Däne. Das klingt zwar wie eine Antwort, ist aber keine. Jedenfalls nicht auf die Frage, die ich gestellt habe. Dass verschwiegene oder vergessene Fragen oft die wichtigsten sind, ist mir freilich bekannt. Jene Fische heissen Schollen oder Flundern, erzählt der Däne weiter, denn darum geht es ihm jetzt, und mein Brief ist vom Tisch. Auch wenn es nicht zu glauben ist, sagt er: es wandert, wenn sie jung sind, das eine ihrer Augen um die Nase herum zum andern hinüber und bleibt dort stehen, so dass sie, auf der unteren Seite blind und blitzweiss, auf der oberen mit einem Auge zuviel und schwarz wie der Schlamm, in dem sie wohnen, gerüstet sind für ihre neue Lebenslage, sagt er, und dass ihm diese Besonderheit der Flundern oder Schollen gefallen habe, seit er davon wisse, weil, wie er sagt, das, was man kaum glauben könne, immer ein Stück weiter ins Unbetretene führe. Das wäre das Jenseits? frage ich; nicht weil ich das für angemessen halte, sondern weil wir, seit wir hier sitzen, von nichts anderem

75

reden. Das meine ich nicht, sagt der Däne. Er hat, wie ich immer wieder feststelle, keine Folgerichtigkeit in seinen Gedanken, sondern eher eine räumliche Strahlung in der Art der Sterne oder, wenn wir auf dem Boden bleiben wollen, der Glühbirnen. Ich meine das Weglose, sagt er dann aber doch, weil ihm daran liegt, dass ich auf dem rechten Weg bleibe, was nicht leicht ist, wo es keine Wege gibt. Also die Zukunft? frage ich. Wenn Sie es um jeden Preis beim Namen nennen wollen, bitte, sagt er. Nur ... Ja? sage ich. Er überlegt und sagt derweilen kein Wort, und das mit Nachdruck. Mir fällt ein, dass jetzt wohl bereits die Leintücher der Sängerin auf dem Flur liegen. Das ist etwas, worüber ich schweigen kann, solange ich will. Der Däne aber unterbricht mich mit der Frage, ob ich schon einmal ein Marionettentheater gesehen habe? Wie dort die Figuren über dem Boden schweben, auch die Hunde und die Bäume und die Häuser, sagt er. Seit ich das gesehen habe, weiss ich Bescheid. Und ich, weil ich es nicht lassen kann, frage: Worüber? Nun, worüber reden wir die ganze Zeit? fragt er da; nicht ungeduldig, aber abschliessend, greift nach seinem Stock, steht auf und geht.

Gestern ging mir eine Tasse in Scherben, zerbrach mir die Welt, sage ich zu Fritzi, die heute später mit dem Frühstück kommt als sonst. Weil die Sängerin gestorben ist? fragt Fritzi. Nicht weil, sondern überhaupt, sage ich in der trotz Fritzis bewölktem Gesicht noch beinahe ungebrochenen Hoffnung, dass ich bei ihr auch heute Verständnis finden würde. Damit verlange ich aber entschieden zu viel. Auf einen derartig pathetischen Kahlschlag will sich Fritzi nicht einlassen. Es ist nicht zum Verwundern, dass sie da anders empfindet als ich. Meine Erfahrungen gehen weit über ihren Horizont hinaus; um all die Jahre, die ich gelebt habe und sie war noch nicht einmal auf der Welt, und als ich so alt war wie sie jetzt, war meine Zukunft ein blaues Wunder. Wie ich aufblicke, um mindestens für das, was ich nicht laut gesagt habe, doch noch Fritzis Beifall zu finden, sehe ich, dass sie mit den Tränen kämpft. Ist es Jimmy? frage ich. Vielleicht ist es auch

Frau Klemm. Es ist aber, und da muss ich mich nun doch schä-men, der Gedanke an die Sängerin, der Fritzi nicht loslässt. So allein! sagt Fritzi; keinen Menschen hat sie gehabt, der Blumen geschickt, für sie gebetet, um sie getrauert, sie vermisst hätte, und nicht einmal jemanden, der froh ist, dass sie tot ist. Als ob sie gar nicht gestorben wäre, sagt Fritzi. Oder sie war gar nie am Leben, sondern einfach nur da, wie ein Stuhl. Wer erbt den Papagei? frage ich, bereits wieder unverschämt, im Bedürfnis, den Ton zu wechseln und auf Unverbindliches auszuweichen. Damit mache ich es aber noch schlimmer. Nicht einmal ein Testament hat sie gemacht, sagt Fritzi. Wenn niemand ihn aufnimmt, kommt er in den Müll mit dem ganzen Rest, sagt sie und kann nicht weiterre-den, weil sie weint. Und was ist der Rest? unterbreche ich Fritzi, weil ich allmählich die Geduld verliere und zur Sache kommen will; zu meiner Sache eben. Frage ich also rasch, um die Sängerin mit ihrem Nachlass endlich hinter mich zu bringen, und stelle mir volle Schubladen und eingemottete Kleider vor; wie das riecht und was man allenfalls in den Taschen und Schuhen an zerbrochenen Puderdosen, zerrissenen Strümpfen, zerflossener Schokolade und skelettierten Mäusen findet … Nichts ist der Rest, gar nichts, sagt Fritzi. Nur Schund und der Papagei, sagt sie und weint noch mehr. Das ist sogar mir beinahe zuviel, wenn ich mich auch in meinem Leben nicht nur an gar nichts, sondern an ganze Koffer, Schränke, Wagenladungen von Schund, wenn auch nicht von ausgestopften Papageien, gewöhnt habe. Ob man nicht den Papagei mit seiner Herrin kremieren könnte? frage ich im Bedürfnis nach einer vernünftigen Lösung. Kein schlechter Vorschlag, wie mir scheint. Aber Fritzi weiss, dass das nicht gestattet ist wegen der Asche. Weil sie sich mischen würde mit der der Sängerin, sagt sie, und Tiere bestattet man in unserem Friedhof nicht.

Was in Trümmern liegt, ist einerlei. Was ich Fritzi noch sagen wollte, nur fiel es mir so nicht ein; der Satz, der mir schon bei-nahe auf den Lippen lag, und dann schien er mir doch falsch, der kommt mir unverhofft aus dem Lautsprecher entgegen, mit Wucht. Wie damals, als hier noch die alten, wenn auch nicht durchwegs guten Zeiten waren, ist er gesprochen vom Herrn Direktor live; begleitet von einem bisher unerhörten Getöse von Flaschen, die an der Wand zerschellen, durchs Fenster krachen; von Scherben, die auf den Boden fallen und dass dann jemand schreit und schreit. Frau Klemm, wer sonst. Wer sonst hier erlaubt es sich, aus geringstem Anlass derart loszulegen und erst recht, wenn die Welt in Stücke geht. So ähnlich wie sie sich selber in ihren schlimmsten Zeiten sieht ihr auch, wie sie so schreit, dass es umsonst ist, dass sie schreit. Denn dem Herrn Direktor fehlt es nicht an Munition, weder in Form von Flaschen, noch von Scherben, noch von Sprüchen, noch von Flüchen. Mühelos drückt er Frau Klemm nur schon mit dem blossen Luftdruck seines Redeschwalls an die Wand und macht sie wenn nicht fertig, so doch mundtot, und wie nun im Hintergrund auch noch ein Gelächter laut wird, das unverkennbar das des Kapitäns ist, muss sich Frau Klemm geschlagen geben. Ein für alle Mal. So gilt nun am Ende auch für sie der Spruch, mit dem sie als die Vorsteherin unseres leiblichen Wohlbefindens uns belästigt hat Tag für Tag – umsonst auch das, denn wir wussten ohnehin, dass es im Leben kein Zurück gibt; – auch Frau Klemm also muss sich jetzt in die Einsicht schicken, die keinem Menschen erspart bleibt: dass Trümmer Trümmer sind, und dass dagegen kein Kraut hilft. Ein Kopf, der ab ist, ist ab, das weiss jedes Kind. So ist auch Frau Klemm zumindest in ihrer Rolle als unsere gefürchtete Frau Klemm endgültig tot, und es bleibt ihr nichts übrig, als zum Teufel zu gehen. Wo sie seit je hingehört, wie jetzt der Herr Direktor unter anderem, Schlimmerem, kundtut. Worauf er sich beruhigt. Dass der Kapitän auch so denkt, kann ich nur vermuten, denn er lacht immer noch; so laut jetzt, dass sein Gelächter auf uns übergreift und auch unser Zwerchfell erschüttert, bis es schmerzt. Ist er der, der den Lautsprecher eingeschaltet hat, damit wir unseren Spass haben und mitbekommen, was sich im Büro des Direktors tut? frage ich mich da. Und ist es ein Spass?

Wie nun, nachdem Frau Klemm endgültig k.o. ist, der Herr Direktor in aller Form sich wieder ins Amt einsetzt, ein Gelübde der Enthaltsamkeit in allem ablegt, und dann auch schon seine Pläne für die Zukunft verkündet, wird es ernst. Fritzi statt Frau Klemm verspricht er uns, und dass jeder Tag ein Sonntag werde mit Semmeln zum Frühstück; für alle, nicht nur für den Dänen; und für die, die keine Zähne mehr haben, ein weiches Ei. Wie er nun so zu uns spricht, als ein Vater, der für uns sorgen und uns gegen alle mögliche Unbill in Schutz nehmen will, reisst auch mich beinahe die Welle Hoffnung mit, die – lautlos zwar, aber dennoch umwerfend – durch den Lautsprecher in unseren vom Aufruhr gebeutelten und endlich wieder hergestellten Frieden einströmt. Aber dann sehe ich, dass das Gute, wie immer, auch hier seinen Preis hat: Dass der Herr Direktor die Woche zerbrochen hat, fällt mir ein. Dass er sich nicht gescheut hat, den siebenfarbigen Bogen zu zertrümmern, der von einem Sonntag zum andern unser Dasein überwölbt hat. Jetzt hat die Zeit den Schluckauf und kommt nicht vom Fleck. Ein Tag, ein Sonntag, ein Sonntag; Tag für Tag ein Sonntag, das Einerlei der Sekunden, der Minuten, der Stunden; soviel Sand, der durch die Uhr rinnt, soviel zerrissene Fäden, lose Enden: Was nur fange ich damit an?

Damit muss ich fertig werden. Aber nicht gleich jetzt. Ich höre Hallo! und gehe zum Fenster hinüber. Draussen steht Max. Er bringt mir heute nicht ein Schneckenhaus, wie er es oft tut, um mir zu sagen, dass wir Freunde sind, sondern ein Stück Papier. Jenes Stück Papier, das … Ihr Brief! sagt Max, drückt mir das Blatt in die Hand und rennt gleich wieder weg. Es ist dasjenige, welche. Daran ist kein Zweifel, zerknüllt wie es ist. Aber es ist kein Brief. Weder von mir noch an mich noch überhaupt. Sondern es ist eine Rechnung. Eine Abrechnung genauer, denn links steht das Soll, rechts das Haben. Links sehr viel. Rechts fast nichts. Die Rechnung geht nicht auf. Sie geht mich auch nichts an. Obwohl sie mich nichts angeht, möchte ich sie doch in Ordnung bringen; Max hat sie mir, wenn auch im Irrtum, anvertraut, und ich will ihn nicht enttäuschen. Ich bemühe mich, komme aber mit meinen Bemühungen nirgends hin. Rechnen war nie meine Stärke. Vielleicht ist die Abrechnung sogar richtig, und ich bemühe mich umsonst. Weil aber doch das mangelnde Gleichgewicht zwischen links und rechts störend ist, wie immer man die Sache nimmt, komme ich auf den Gedanken, das Blatt in Stücke zu zerreissen. Wie sonst die Briefe, aber zu einem andern Zweck: Nicht wegwerfen, sondern anders zusammensetzen will ich die Fetzen, bis das Gleichgewicht stimmt. Zuerst mache ich reinen Tisch, indem ich wegwische, was darauf liegt oder steht, unter anderem eine Tasse und ein Strickzeug, das man mir aufgedrängt hat. Dann fange ich mit meiner Arbeit an. Die ist schwieriger, als man glauben möchte. Nicht nur ist das Blatt, wie ich erst jetzt bemerke, auf beiden Seiten beschrieben, sondern es ist auch den Zahlen, zerstückelt und vereinzelt, nicht mehr anzusehen, ob sie nach links gehören oder nach rechts, und wenn es das auch scheinbar leichter macht, die sogenannt roten Zahlen in schwarze zu verwandeln – in Wirklichkeit sind sie alle blau –, darf ich das Angebot zu dieser raschen Lösung doch nicht unbedenklich annehmen. Verstehst du dich auf eine Bilanz? frage ich Fritzi, die eben mit meinem Frühstück hereinkommt, obwohl sie das in ihrer neuen Stellung nicht mehr tun müsste. Fritzi weiss nicht, wovon ich spreche, was für die Vorsteherin unseres grossen Haushalts einigermassen bedenklich ist, und vor allem weiss sie nicht, wohin mit ihrem Tablett. Auf den Fussboden, sage ich und arbeite weiter; hole das Blaue vom Himmel herab und fülle, so gut es geht, was rechts fehlt, auf mit dem, was links zuviel ist, ohne dass ich damit freilich die Rechnung zum aufgehen bringen könnte. Fritzi, obwohl sie jetzt dem Betrieb hier vor- und somit endlich voll im Ernst des Lebens drin steht, staunt über mein Spiel, ohne seinen Ernst zu erkennen, während ich darüber staune, dass sie mich immer noch persönlich pflegt; wie vorher Frau Klemm den Kapitän. Ich frage Fritzi, ob ich ihr Kapitän sei. Sie sagt nichts, und ich denke, vielleicht bin ich ihr Jimmy, und sie will es nicht zugeben. Ich muss sie nächstens fragen, nehme ich mir vor, wie es nun unter den veränderten Bedingungen mit ihm und ihr und der gemeinsamen Zukunft steht.

Nie werden Sie fertig mit Ihrem Bild, sagt Fritzi. Sie hält für Kunst, was nichts als nackter Alltag ist, und bezeugt damit ein Kunstverständnis, das über das Mittelmass hinausgeht. Denn der Alltag ist die grösste Kunst. Es geht ihr aber weniger um das, was sie für ein Bild hält, als ums Frühstück, das ich endlich essen soll. Später, sage ich. Das heisst, wenn Fritzi draussen ist, und ich kann es essen, wie ich will; vom Boden weg wie ein Hund oder überhaupt nicht und Max bringt es den Hühnern. Mit denen ich weder aufstehen noch ins Bett gehen will, bewahre. Aber das Essen teilen gern, je öfter, je lieber. Mir schmeckt es nicht mehr. Weder Semmel noch Ei. Meine Gelüste gehen auf frische Luft und Wasser aus der Quelle. Auch dass ich als Kind gern Erde gegessen habe, kommt mir wieder in den Sinn. Es ist Ihnen wohl nicht gut genug? fragt Fritzi, wie ich nicht essen will, und das in einem Ton, der mich von ferne an Frau Klemm erinnert. Ich frage mich und gleich auch Fritzi, ob ich sie vielleicht von nun an zwar nicht Frau Klemm, so doch Frau … ja aber wie nur? nennen soll. Ich weiss nicht einmal, wie Fritzi mit Nachnamen heisst. Ob es sich lohnt, das noch zu lernen? Wie heissen Sie? frage ich Fritzi nun aber doch, entschlossen, am Ball zu bleiben bis zum Schluss; in meinen Schuhen zu sterben eher als in den Bettsocken. Sie nennen mich Sie? sagt die, die doch gottlob offenbar noch bei weitem nicht Frau Klemm ist, und ist ausser sich. Ich bitte Sie! sagt Fritzi und fängt schon wieder beinahe an zu weinen. Nächstens nennen Sie mich Frau Klemm, sagt sie und ist auch bereits ohne auf Antwort zu warten, aus dem Zimmer gelaufen. Ich meinerseits mache mich von neuem an meine Aufgabe, in dem ich Zahl für Zahl abbaue, was ich aufgebaut, versetze, was ich gesetzt habe. Denn es hat hier nichts seinen Platz; die

Rechnung ist falsch von Grund auf. Nie werde ich fertig werden mit aus- und hin- und umlegen. Solange ich atme nicht.

Ich habe Zeit bis nie.

7. Der Fuchs ruft

Hinter dem Haus vor meinem Fenster fängt die Fremde an. Früher stand dort mein Haus, das immer noch steht, aber nicht mehr meines ist, sondern fremd; bewohnt von Fremden, die wie früher ich aus ihrem Küchenfenster in den Zoo hinüberblicken, die Giraffen über den Zaun schauen sehen und hören, wie die eingesperrten Vögel mit ihrem Gekreisch erzählen, was es heisst, wenn man nicht weg kann und nicht hin, wohin man will. Damals war mir die Botschaft nichts als Lärm. Ein Lärm, damals verhasst, den ich jetzt, und wie gern, nur noch höre, wenn der Südwind geht. Der auch den Saharasand bringt, und manchmal einen Duft, den ich gelb nenne. Wie Mimosen. Aber das ist es nicht. Und die Gasse hinter dem Haus, wo jetzt die Fremde anfängt: die ging und geht auch jetzt noch bergab vom Zoo zur Stadt. Mir fremd jetzt auch sie, ausser wenn dann und wann der Wind mir nicht nur den Lärm der Vögel, sondern mit ihm auch ein Echo der Stimmen herüberträgt, die sich, wenn ich zwecks einkaufen und etwas erleben meinen täglichen Gang machte, über meinen Kopf hinweg von einem offenen Fenster zum andern ihre Wünsche und Verwünschungen zuriefen. Wenn ich dann beim Kind ankam, das zur Plage der Nachbarn und vor allem seiner selbst tagtäglich Klavier übte, öffnete sich auch gleich vor mir der grosse Platz mit seinem Springbrunnen, mit den Reihen der gestutzten Platanen an den Rändern des Gevierts und dem Gewühl, den Gerüchen des Markts: Tag für Tag war das so, ausser am Sonntag. Da war der Platz reingefegt und leer. Da war er ein Loch im Stadtplan. Da war er tot, und mit ihm die ganze kleine Stadt, die, wenn sie nicht im Lärm stand wie Venedig im Wasser, in dumpfer Stille versank und sich vergass, bis nichts mehr da war als ein Loch in der Landkarte: Genau so geht auch unter, was ich vergesse, und wird zum blinden Fleck in meinem Kopf.

Dort wachsen die Urwaldtannen. Wenn ich die nicht einmal in Wort und Bild auf einer Votivtafel vorgeführt bekommen hätte, die für die wunderbare Rettung eines Köhlers aus Feuersnot dankte, hätte ich sie, falls sie mir überhaupt je in den Sinn gekommen wären, für unmöglich halten müssen. Tannen wachsen nicht im Urwald. Ein Urwald wächst nicht auf unseren Bergen. Es sei denn damals, als die ersten Pflanzen aus dem Urschlamm ins Licht wuchsen. Das aber ist lange her. So hingegen, wie sie dort in jener Kirche vor mir standen, auf Holz gemalt, überzogen von einem glänzenden Firnis; wie ihre Stämme unbeirrt in die Höhe strebten ähnlich den Säulen, die – hoch oben im Finstern verschwindend – das Gewölbe der Kirchendecke trugen: Ich habe sie nie mehr vergessen. In jedem Wald, den ich seither mit Füssen oder in der Erinnerung betreten habe, bin ich ihnen begegnet. Sie sind nicht unbedingt grösser oder schöner als die andern, aber doch deutlich daran zu erkennen, dass sie mehr Raum um sich haben, dass in ihrem Umkreis besonders viele Pilze wachsen. Mit klebrigen, oft von Schnecken durchlöcherten Hüten und zarten, da und dort zerrissenen Schleiern: Als ich noch selber durch die Wälder ging, kannte ich sie alle; Pfifferling und Hallimasch, Reizker und Knollenblätter. Vor den giftigen blieb ich oft lange stehen und dachte, was man der herrschenden Meinung nach nicht denken darf.

In ihrem Schatten schlafen Jahrtausende, kommt mir ferner in den Sinn, wie ich mich nun vor dem Einschlafen weiter auf die Urwaldtannen einlasse, die ich an meinem Horizont in den Himmel wachsen lassen kann, wo und wann ich will. Und nun sehe ich sie auch schon vor mir am Rand des Schlafs, der sich heute nur zögernd meinem Bett nähert. Mit ihrem gedrungenen und doch hohen Wuchs, mit den klar sich voneinander abhebenden Wipfeln stehen sie vor mir; in scharfen Zacken vor einem roten Himmel: Die sind ja nur gemalt, erkenne ich mit aller Schärfe. Trotzdem gehe ich auf die Bäume zu, die sich vor meinen Augen schubweise, in ruckartigem Wachstum, vermehren, bis es nichts anderes mehr gibt in meiner Welt als sie. Wie mir ihr Schatten zu Füssen liegt, bleibe ich stehen. Finster, zum Ersticken, ist das Dickicht im Unterholz des sagenhaften Waldes. Wenn dort wirklich die Jahrtausende schlafen, müssen sie so durchsichtig, so durchlässig sein wie Luft.

Ich gebe acht, dass ich sie nicht aufwecke, wie ich nun in den Wald hineingehe. Mit Jahrtausenden muss man behutsam umgehen, schon aus Rücksicht auf sich selbst: Es ist nicht auszudenken, was geschehen müsste, wenn sie sich alle auf einmal aufbäumen und damit von neuem in die Welt setzen würden. Meinen Bedenken zum Trotz zieht es mich aber unweigerlich immer weiter hinein in das ungewisse Licht dieses voralpinen Dschungels. Kaum je fällt ein Sonnenstrahl in seinen Schatten herab. Die Vögel halten sich wohl an die höheren Etagen der Bäume, wenn sie sich hier niederlassen: Ich höre keinen Laut. Nicht einmal dass ein Zweig unter meinen Schritten bricht. Wie ich nun auf dem federnden Waldboden weitergehe und mich allmählich aller Erwartung entgegen an meinem Abenteuer zu freuen anfange, fragt mich jemand: Wissen Sie, dass Sie auf dem Kriegspfad sind? Wer sonst als Max. Ich habe nicht bemerkt, dass er mir nachgegangen ist, bin aber sehr froh darüber. Im Guten wie im Schlimmen trägt sich das Unverhoffte besser zu zweit. Wie ich mich mehr und mehr ans Halbdunkel gewöhne, verstehe ich auch, obwohl ich seine Ansicht nicht teile, warum Max sich auf dem Kriegspfad glaubt. Zwischen den mächtigen Stämmen der Urwaldtannen gehen ausser uns noch andere Lebewesen herum. Manchmal bleibt eines stehen, wie eine Uhr stillsteht. Ein anderes tritt von einem Fuss auf den andern und kommt nicht vom Fleck. Wie ich nun selber kaum mehr vom Fleck komme und mich in der fortlaufenden Erschaffung meines Waldes nur aufs Geratewohl noch von einem Wort zum nächsten weiterbewegen kann; etwa so, wie sich, wenn auch um einiges rascher, über unseren Köpfen die Affen von Zweig zu Zweig schwingen, kommt mir Max zu Hilfe und sagt, nachdem er eine kleine Weile lang ganz still war und sich seine eigentümliche Umgebung zu Gemüt geführt hat: Hören Sie, wie es zwischen ihnen hin- und hergeht? fragt er mich. Und ob man nicht die Geschöpfe, die ich immer noch nicht eindeutig den Tieren oder den Menschen zuordnen kann, als unseresgleichen betrachten sollte? Wir sind inzwischen bei einer Lichtung angelangt, in der zwischen schulterhohen grünblühenden Pflanzen eine grössere Anzahl von ihnen sichtbar wird. Wie ich sie da in Freiheit sich bewegen sehe, neige ich zur Ansicht, es müsse nicht um jeden Preis entschieden werden, wie man sie ansprechen solle. Falls überhaupt sie sich ansprechen liessen. Wie da aber Max, dem an klaren Verhältnissen liegt, laut weiterdenkt und sagt: Auch wenn ich davon kein Wort verstehe – ist das, womit sie sich unterhalten, nicht ein Gespräch? Wie er das sagt, ergreift eine Woge der Freude die bisher völlig in sich versponnenen Geschöpfe. Offenbar verstehen sie uns besser als wir sie. Einer nach dem andern kommt jetzt näher und zeigt die Zähne. Sie lachen, sage ich. Sie wollen uns angreifen, sagt Max, der – wie es sich gehört in seinem Alter – die Gefahr nicht nur nicht meidet, sondern geradezu sucht. Da keiner von ihnen auf uns losgeht oder uns auch nur ins Auge fasst, glaube ich das nicht, während Max gerade darin ein Zeichen ihrer Tücke sieht: So bleibt unter der Bevölkerung des Waldes alles im Unentschiedenen, auch wenn der eine oder der andere meinen Worten mit einem unmissverständlichen Nicken zustimmt. Oder meinen, sagt Max. Immerhin deutet ihr jetzt rascheres, nicht mehr beliebig da- und dorthin schweifendes Gehen darauf hin, dass sie etwas suchen. Sehr vorsichtig kommen sie näher. In gespannter Erwartung bin ich ohne Rückhalt einverstanden mit Max und er mit mir: Wir halten den Atem an und rühren uns nicht.

Wo geht es hier weiter, fragt mich einer, der nicht weiter weiss. Schon lange geht er zwischen den Bäumen hin und her, als suche er einen Ausweg, während die andern nicht zu wissen scheinen, was sie wollen oder ob sie überhaupt etwas wollen. Als gingen sie im Schlaf. Wie er jetzt so nahe an uns herantritt, dass wir ihn berühren könnten, wenn wir nicht befürchten müssten, ihn damit zu verscheuchen, sehe ich sein Gesicht. Wenn ich auch seine Züge ohne Brille nicht erkennen kann, bin ich mir doch gewiss, dass das Gesicht ein menschliches ist. Nicht irgendeines, dämmert mir auf, sondern eins, das ich schon gesehen habe. Und zwar, das ist kaum zu glauben, wo das Geschöpf, das sich jetzt deutlich als ein Mann gesetzten Alters darstellt, keine Uniform trägt und auch in seiner Miene oder seinem Blick nichts Auszeichnendes an sich hat: Es ist der Kapitän. Das will nun Max nicht wahrhaben. Lieber wäre ihm gewesen, dass uns unter diesen bedenklichen Umständen Frau Klemm begegnet wäre, oder wenn nicht sie, dann halt der Herr Direktor oder sogar der Däne. Alle lieber als der Kapitän, sagt Max. Denn er ist doch im Unglück? fragt er. Mit gutem Grund. Denn wie käme der Kapitän sonst dazu, im Nachthemd in einem Wald voller Affen spazieren zu gehen? Das tut freiwillig kein Mensch. Oder, sagt Max, und das ist noch schlimmer, ist das, was er trägt, ein Leichenhemd und er ist tot? Langsam, sage ich. Lass ihn zu Wort kommen: Wo geht es hier weiter? fragt nun noch einmal der, der sich jetzt eindeutig als unser Kapitän entpuppt hat. Nicht mehr so geduldig jetzt und auch ratlos, denn er ist hier mit den Umständen und allfälligen Gefahren nicht vertraut. Wo ihm auf seinem Schiff Himmel und Meer offen stehen soweit das Auge reicht, sieht er hier kaum bis zum nächsten Baum. Wohin wollen Sie denn? fragt da Max. Er hat sich gefasst und stellt sich mit der schönen Würde eines Kindes, dem es ernst ist, vor den Kapitän hin. Der weiss nicht, was er sagen soll. Es fehlt hier an allem, was seinen Worten Gewicht geben könnte, und darum sagt er lieber nichts. Max denkt nach, kommt aber sobald nicht zu einem Entschluss. Ich auch nicht. Wir sind hier alle überfordert. Ich warte darum ebenfalls ab und sage nicht nur nichts, sondern denke auch nichts, so gut sich das nur machen lässt. Da, wo wir nun einmal hingeraten sind, ist es am besten, wenn man keinen Schritt tut. Auch nicht in Gedanken. Denn wir können nicht wissen, wo die Geschichte, in der wir sitzen, aufhört. Eine falsche

Bewegung, und wir fallen über ihren Rand ins Leben zurück: wo wir freilich immer schon waren. Nur eben anders, und dieses Anders verhält sich zum Haus der Ruhe wie ein Feuerwerk zu den Weihnachtslichtern, die man vor kurzem wieder angezündet hat in unserer kleinen Stadt.

Ich weiss nicht vorwärts und nicht zurück, sagt jetzt zu unserer Freude klar und deutlich der Kapitän. Und: Die Verhältnisse hier sind verworren. Bis zum Meer, sagt er und zeigt damit, dass er wieder auf der Höhe seiner selbst ist, bis zu meinem Schiff ist es weit. Zu weit, sagt Max. Bis wir ihn soweit haben, ist er tot. Das glaube ich zwar nicht, wo sich der Kapitän, seit wir ihn angetroffen haben, schon so gut erholt hat. Aber wie wir ihn wieder auf die rechte Bahn bringen können, weiss ich auch nicht. Ich blicke verlegen von Max zum Kapitän und wieder zu Max. Leider lässt mich der nun aber gerade in diesem entscheidenden Augenblick im Stich. Er kann nicht anders, denn seine Mutter ruft laut und lauter Max! Heimkommen! Das ist ein Ultimatum. Denn sonst – irgend etwas Schlimmes; kein Fernsehen, keinen Fussball … Bitte nicht weiterfahren mit der Geschichte ohne mich, ich bin gleich wieder hier, sagt Max noch und rennt weg. Ich bleibe zurück und weiss nicht, was tun; voller Unruhe, weil ich weiss, dass etwas geschehen muss, und zwar gleich. Wie ich mir überlege, ob ich Hilfe holen soll, was schwierig ist, weil nur allenfalls der Däne mich in meiner Not verstehen würde, und der geht kaum mehr aus seinem Zimmer heraus, werde ich brutal gestört – wie oft habe ich nicht gesagt, dass man zu jeder Tageszeit bei mir anklopfen soll, weil es tatsächlich jederzeit vorkommen kann, dass ich mit etwas beschäftigt bin, das keine rohe Unterbrechung verträgt –: Fritzi reisst die Türe auf und teilt mir mit, dass der Kapitän verschwunden ist. Frau Klemm hat ihn geholt, stöhnt Fritzi und blickt mich verzweifelt an. Glaubst du das? frage ich sie und denke, die glaubt an den Teufel. Glaubst du das wirklich? sage ich und will damit sagen, dass ich nicht glaube, dass Fritzi glaubt, was sie sagt.

Mit Worten kann man der Sache nicht beikommen. Fritzi und ich, wir haben uns entzweit. Wenn ich ihr sage, dass der Kapitän nicht anders in den Schatten der Urwaldtannen eingetreten ist als seinerzeit ins Haus der Ruhe, obwohl zwischen den beiden ein Unterschied besteht wie zwischen dem Bärenfell unter Fritzis Füssen und dem fliegenden Teppich in 1001 Nacht, wird sie mir das nicht glauben. Für sie ist, was mit Händen zu greifen ist und was man nur im Sinn hat, unversöhnlich zweierlei. Sie besteht darauf, dass ein Hirngespinst nicht aus Seide ist, und wenn es so bunt ist wie der Regenbogen, den sie sich zum Ausgang um die Schultern legt, als Schal. Dass sich der Kapitän tatsächlich, oder, um es restlos deutlich zu machen, leibhaftig Fritzis Obhut entzogen hat, und zwar ohne Hund, was er nicht tut, wenn er sonst einen seiner Ausflüge macht, ist für mich eine Nebensache, wenn ich auch nicht abstreiten will, dass es ein bemerkenswerter Zufall ist, dass er auch im Wald den Hund nicht bei sich hatte. Wichtig ist mir dagegen, dass ich die Erfahrung der Urwaldtannen nicht nur mit Max, sondern auch mit dem Kapitän teile, dessen unparteiisch sachliches Urteil überall bekannt ist, wo er in seinem Seemannsleben je war. Damit ich es nicht vergesse, sage ich auch lieber gleich, obwohl es erst später eintreffen wird, dass der Kapitän wieder zum Vorschein gekommen und unversehrt in Fritzis Obhut zurückgekehrt ist. Wo er war, hat er nicht für nötig befunden, uns mitzuteilen. Und das ist sein gutes Recht, auch wenn wir noch so gern wissen möchten, wie er es angestellt hat, sich nicht nur unbemerkt zu entfernen, sondern auch wieder einzufinden. Wie ein Vexierbild: Einmal sieht man ihn, und dann wieder nicht. Leider hat sich Fritzi nicht überzeugen lassen, dass Frau Klemm mit dem Ausflug des Kapitäns wirklich nichts zu tun hatte. Seit im Haus der Ruhe wieder Ruhe herrscht, hat sie sich nämlich, beleidigt wie sie ist, bei uns nicht mehr blicken lassen. Und auch wenn sie noch hier in der Nähe wäre und vielleicht sogar eine neue Stelle gefunden hätte, als Haushälterin beim Stationsvorstand zum Beispiel, mit dem sie sich, als sie noch wie er eine Dienstmütze trug, nicht schlecht verstanden hat: Der Gedanke, dass sie den Kapitän hätte entführen können und sein Hund hätte sich diesen Streich mitangesehen, ohne ihr an die Gurgel zu springen, ist so abwegig, dass ich ihn nicht ernsthaft in Betracht ziehen mag. Dass Fritzi dennoch nichts Besseres zu tun hat, als den Kehricht zu durchwühlen oder Telefonate abzuhören, um einen Beweis für ihre Vermutung zu finden, halte ich für eine bedauerliche Verirrung. Übel nehmen kann ich ihr ihren schlecht angebrachten Eifer allerdings nicht. Sogar für die geringste Einsicht braucht es viel Zeit, und die hat Fritzi bei all ihrer Arbeit nicht. Und so handelt sie denn, wie sie muss; nicht, obwohl das auch um ein Geringes mitspielen mag, weil ihr das Wohl des Kapitäns über alles geht, den wir ja alle lieben, um nicht zu sagen verehren, sondern weil sie es nicht aushält, wenn sich nicht eins sinnvoll aus dem andern herleitet. Sie besteht darauf, dass zu jedem Rauch sein Feuer gehört und zu jedem Feuer sein Rauch.

Ob wir darum so oft mit unseren Gedanken zu den Tieren gehen? Es ist der Däne, der mich das fragt. Wie die meisten seiner Fragen taucht sie auf aus einem Gedankenmeer, in dessen Tiefe niemand Einblick hat. Zuletzt der Däne selbst. Die Frage, die eigentlich keine ist, weil sie nicht nach einer Antwort verlangt, steht auf einem Zettel, den mir Fritzi überbracht hat; ohne Kommentar. Denn wenn wir uns auch wieder versöhnt haben, ist doch unser Umgang noch einigermassen gezwungen. Es wird eine Weile dauern, bis es wieder ist, wie es war; umso mehr, als auch das totgeschwiegene Problem Jimmy nach wie vor unser Verhältnis stört. Der alte Herr, sagt sie mir aber schliesslich doch, hat nicht nur aufgehört, an ihrem Arm ins Freie zu gehen, sondern er spricht auch nicht mehr. Die Meinungen sind geteilt, ob er nicht mehr kann oder ob er aus freien Stücken darauf verzichtet. Ich halte den Unterschied für belanglos. Wer soviel Verstand hat, dass er nichts will, was er nicht kann, ist frei und kann tun, was er will. Zum Beispiel mit den Gedanken zu den Tieren gehen, wo sie – ein Fisch im Wasser, ein Vogel in der Luft

– unangefochten sich ausleben und ihre Wirkung tun können in einem Raum ohne wenn und aber, ohne Grenzen, ohne Ziel. Wie ich nun den Zettel genauer betrachte und feststelle, dass der Satz, den er mir zur Prüfung vorlegt, auf einem Zettel steht, der oben rechts die Ziffer sieben zeigt, wird mir klar, dass es hier um eine Wahrheit geht, die ihre Geschichte hat; eine Geschichte jedoch, die für jeden anders ist und die mitzuteilen sich bei der knapp bemessenen Zeit, die uns noch bleibt, nicht lohnt. Wir haben die Ziffern eins bis sechs gelebt, sagt mir die Botschaft; jede, jeder von uns in seinem eigenen Licht. Was noch aussteht, ist für alle gleich: nämlich das Ende, und es liegt an uns nur noch das Wie, das den Abschluss je nachdem in eine Öffnung verwandeln oder zu einem klanglosen Untergang machen kann. Das alles steht auf dem Zettel nicht in Worten, sondern in dem, was er ausspart: Gerührt darüber, dass der Däne mich derart diskret in seine sorgfältig entworfenen Pläne einbezieht; dass er mir die Hand reicht zum Sprung auf die klar vom uns vertrauten Gang der Dinge abgehobene Ebene, auf der die Tiere ihre Wege gehen, versuche ich mich seines Vertrauens würdig zu erweisen, indem ich mich vor jedem Rückfall in meine frühere, nicht immer wohlbedachte Zielstrebigkeit in acht nehme. Nachdem ich lange aus dem Fenster gestarrt und dem Wind zugeschaut habe, der sich in den Bewegungen der Wäsche, die Carmen Josefine vor ihrem Fenster zum Trocknen aufgehängt hat, unvorhersehbar und in ungebundener Freiheit zwecklos tätig darstellt, schreibe ich auf ein anderes Blatt die Fortsetzung:

Bei ihnen finden wir wollig federleichte Wirrnis ... in den in Unbestimmtheit verdämmernden Welten der Tiere ... in ihrem warmen Atem: Während ich immer noch den Stift in der Hand behalte, unsicher, ob mein Versuch so stehen bleiben, weitergeführt oder durchgestrichen werden soll, schaue ich einer Amsel zu, die unbekümmert um den Wind auf einem Zaunpfahl sitzt. Und wenn er sie von ihrem Sitz fegt und mitnimmt: so lang sie ihrer Flügel mächtig ist, kann sie nicht fallen. Ihre Welt ist rund

und reicht soweit wie ihr Blick, wie ihr Ruf, wie ihr Flug … Ein Vogelnest liegt auf meinem Fenstersims. Max hat es mir kürzlich gebracht: aus Flaum, Haar, Fasern und anderem, das sozusagen gar nichts ist, wurde es locker, unordentlich und doch vollendet rund zu einer Schale verwoben, in der die jungen Vögel so sicher wohnen wie wir im Vergessen, das uns Nacht um Nacht im Schlaf von unserer Angst erlöst …

Wer möchte dort nicht unterkriechen: Während Fritzi zum Dänen unterwegs ist mit dem Zettel, den sie ihm ungeachtet meiner Ungeduld genau dann überreichen wird, wenn sie bei ihrer Vormittagsrunde bei ihm angekommen ist, grabe ich mich, obwohl dazu am hellen Tag wahrhaftig kein Anlass ist, mit aller erdenklichen Sorgfalt hinein in den Schlaf. Dass ich das beizeiten einübe, ist nicht unwichtig. Denn einmal werde ich nicht mehr aus dem Schlaf erwachen, und dann heisst das, was eben noch Schlaf war, Tod, und alles, was ich im Leben nicht gelernt habe, wird sich gerächt haben. Noch lasse ich mich ablenken. Gestern nacht hat mir von einem Segelboot mit braunen Segeln geträumt, das vor dem Wind in der Mündung des Flusses von einem Ufer zum andern glitt, und der Fluss war so breit, dass man das andere Ufer nicht sah, dass Wasser und Himmel und Erde eins waren … Immer wieder habe ich diesen Horizont gegenüber, der keiner ist; die engste Zelle wird mir zum Meer: Einmal werde ich nicht mehr erwachen, sage ich in Erinnerung an diese fliehenden Perspektiven zu Fritzi, wie sie mir beim Mittagessen Bericht erstattet über ihre Mission beim Dänen – dass er beim Lesen meiner Antwort mit einem bedächtigen Kopfnicken zu verstehen gegeben habe, er sei mit meinen ausgefransten Sätzen so zufrieden, dass er zur Zeit eine Fortsetzung der Korrespondenz nicht für notwendig erachte. Das gibt mir zu denken. Darf ich damit rechnen, dass es der Däne doch wieder einmal für sinnvoll hält, das Gespräch weiterzuführen? Falls nicht, ist das das Ende nicht nur unseres Autauschs, sondern überhaupt? Da nun draussen im Hof ein Höllenlärm losgeht wie in der Zeit, als noch Frau Klemm für die Hühner zuständig war und sie mit ihren Fütterungsmethoden in den Wahnsinn trieb, als Carmen Josefine sich im Licht ihrer roten Lampe mit dem Kapitän stritt, als die oben Wasser in Kübeln aus dem Fenster gossen und die unten vor Empörung laut aufschrieen, kann ich nicht weiter auf diese vielleicht letzte Frage in unserem langen, nicht immer leichten Gespräch eingehen. Ich blicke zum Fenster hinaus und weiss nicht, was ich soll.

Komm zu mir in den Bau, ruft der Fuchs. Der hat eben drüben im Hühnerhof ein Huhn verspeist, mitsamt den Federn, und blickt nun, seine Vorderpfoten bequem aufs Fenstersims gestützt, zu mir herein. Seine Schnauze ist blutig. Statt sich deswegen zu schämen, ist er so zufrieden mit sich und seinem vollen Bauch, dass er mir geradezu zuwider ist. Sein Angebot ist aber so verlockend, dass ich es mir nicht mir nichts, dir nichts aus dem Kopf schlagen kann: Wer könnte mich dort stören, wer die Unruhe der Welt an mich herantragen, die immer wieder meinen ohnehin nicht überaus sicheren Frieden stört? Wie ich mir aber nun im Namen der Vorsicht, die nie meine Stärke war, aber doch dann und wann ein Wort mitzusprechen hat in meinen von Tag zu Tag schwieriger werdenden Angelegenheiten, den Fuchs genauer ansehe, sehe ich, dass er es zwar ehrlich meint, dass aber seine Ehrlichkeit, wie man es nicht anders erwarten kann, doch die des schlauen Fuchses ist, der bei allem, was er sagt, immer auch meint, was er nicht sagt. Was er mir vorschlägt, geht mir da auf, kommt aus dem Aberglauben. Im Volksmund ist der Fuchs der Teufel, sein Bau das Grab.

8. Keine Blumen bitte

Wenn ich Blumen sehe, wird mir hell, sagt Fritzi und stellt einen Strauss Tulpen auf meinen Tisch. Dort sind sie ein Stillleben, das sich unmerklich, unerbittlich bewegt. Mit der Zeit dem Verfall zu, indem sich die Kelche öffnen, ihr Innerstes blosslegen und die Blütenblätter weitgespreizt nach aussen falten; leuchtend gelb zunächst und hart sich von ihnen abhebend, rund um den Stempel angeordnet die Figuren der Staubgefässe. Dann entfärben sie sich, werden trüb, schleimig, beinahe durchsichtig. Das Sterben der Tulpen macht einen Umweg über Prachtentfaltung und endet im Schlamm. Fritzi dagegen: Ich blicke ihr ins Gesicht und warte darauf, dass das Licht, das ihr in den Blumen aufgegangen ist, sich erklärt. Sie sagt kein Wort, was nicht heisst, dass sie nichts sagt. Das Licht, das ihr im Blick steht, greift noch einmal, und dann auch gleich wieder sich verabschiedend, den Blumenstrauss aus meinem im Halbdunkel verdämmernden Zimmer heraus, den schwachen Schatten, den er an die Wand wirft, und fällt dann auf etwas, das sich mir entzieht: Gebirgszüge, Wälder, Städte, Wüsten, Flüsse vielleicht, die wie eine Ansichtskarte nach der andern aus dem Dunkel auftauchen und wieder verschwinden. Dann, so weit scheint jetzt ihr Blick zu reichen, das Meer, das in seinem Hin und Her einmal in einer Unzahl von Muscheln, grau ausgewaschenem Holz und rundgeschliffenen Scherben anschwemmt, was war und dann, im gleichen Zug, in den unvorhersehbar dem Sand sich einschreibenden Linien der Schaumkronen entwirft, was erst kommt … Sind Sie fertig? fragt mich Fritzi, die inzwischen ihr Licht auf Sparflamme gesetzt hat; so sehr, dass es ihr entgeht, dass das Frühstück unberührt dasteht und der Kaffee kalt ist. Ohne meine Antwort abzuwarten, nimmt sie mir das Tablett weg. Sie hat keine Zeit zu verlieren. Ihr Ziel ist – ein Fächer, der sich von Pol zu Pol in einem riesigen Halbkreis aufspannt bis zum Zenith – jederzeit alle Welt. Kein Licht kann ihr je heimleuchten.

Ich denke an den Mohn, den ich einmal auf einem Grab habe liegen sehen. Das Grab, mit einem Kreuz bezeichnet, lag auf einem steinigen Hügel neben der Strasse. In ihm ruhte, wie auf der Tafel stand, ein Opfer des Kriegs. Der Name war unleserlich geworden, das Todesjahr mehr zu erraten als zu entziffern. Schon damals lag es zwanzig Jahre zurück. Ich setzte mich neben das allmählich verstummende Denkmal auf einen Stein und betrachtete den Strauss genau, ohne ihn zu berühren, brüchig wie er war: Die Blumen waren schwarz statt rot; verbrannt von der Sonne. So erinnere ich ihn. So hat ihn eine Frau, die vor mir da war, dem Vergessen gewidmet in der Hoffnung, sie werde so los, was war. Was das war, habe ich vergessen. Ich weiss nur noch, dass im Grab ein Hund begraben lag, der kein Hund war, sondern ein halbes Leben. Wie die andere Hälfte überleben konnte, wo sie, mit einem scharfen Schnitt von der andern abgetrennt, mit so viel Fasern ins Leere griff, aus so viel offenen Adern blutete, ist nicht auszudenken. Auch nicht, wie man sich ein halbes Leben denken soll: ob sich das in Jugend und Alter teilt oder querdurch in Tag und Nacht. Wenn ich nicht befürchten müsste, dass die Frau, die den Blumenstrauss aufs Grab gelegt hatte, bevor ich selber dort vorbei kam, ich selber war, ginge mich die Sache, die sich jetzt ich weiss nicht warum so dringend meldet, als ob ich mich gleich ihrer annehmen müsste, nicht das Geringste mehr an. Gestern habe ich mit Fritzi, die ihn für mich gebacken hat, auf meinem Geburtstagskuchen ein Jahr nach dem andern die Kerzen ausgeblasen. Was mir sehr leid tat, als dann noch lange der Rauch im Zimmer hing, der bläulich sich kräuselnd von den langsam erlöschenden Dochten aufstieg.

Das Fenster ist blind vor Eisblumen. Seit ich ein Kind war, habe ich das nicht mehr gesehen. Als es einmal so war, war auch das Wasser im Krug gefroren und das Leintuch, das feucht geworden war von meinem Atem. Es klebte steif und kalt an meinem Mund. Ich lag ganz still, rührte mich nicht. Wo ich aufhörte, fing gleich die Kälte an, dickflüssig, zäh. Im Widerstand gegen sie entbrannte ich lichterloh. Eben noch rechtzeitig kam meine Mutter und warf mich ins Wasser. Oder, wie sie sagte, Kind, du brauchst ein warmes Bad. Als ich fertig war, rieb sie mich trocken mit einem rauhen Tuch, bis ich zu hunderttausend roten Ameisen wurde, die mich zu Tode kitzelten. Das ist nur halb so schlimm, sagte meine Mutter und gab mir heissen Holundertee zu trinken. Die Eisblumen, die in meinem Fenster wachsen, sind, wie ich erst jetzt erkenne, Holunderblüten. Die blühen im Mai, was man sonst von Eisblumen nicht sagen kann. Das kommt daher, dass ich in zwei Zeiten lebe. Die hier und jene dort.

Warum, warum nur scheinen uns die Blumen so wunderbar? Die Frage, doppelt gebohrt, kommt aus dem Lautsprecher und geht gleich in Musik über: Das ist der neue Stil der An- und Durchsagen. Wir haben uns noch nicht daran gewöhnt; sind nicht sicher, ob wir uns daran gewöhnen möchten. Dass der Herr Direktor, als er weg war, ein anderer Mensch geworden ist, sagen alle. Das zeigt sich nicht nur in dem, was er sagt, sondern auch in dem, was er tut. Freilich nicht immer so deutlich wie mir gestern. Mit eigenen Augen habe ich da gesehen, wie der Herr Direktor, als er durch den Garten ging und, auch das war noch nicht dagewesen, jede Blume einzeln begrüsste, mit einem Mal stillstand, aus der Jackentasche eine Handvoll Körner hervorholte, sich neben mich auf die Bank setzte und auf seiner hohlen Hand einem Vogel, der im Gebüsch sass, sein Futter hinhielt. Wie er sich freute, als der Vogel zunächst unruhig suchend vor ihm herumflatterte und sich dann auf seinen äussersten Fingerspitzen niederliess, habe ich gesehen; wie der Herr Direktor über die winzigen Füsse mit ihrer ledrig glänzenden Haut, ihren präzis gekrümmten Krallen staunte; wie er sich den Vogel – es war eine Blaumeise – nah und näher vors Gesicht hielt, bis sich der zarte blaugraue Flaum in seinem Atem hob und senkte. Wenn ich auch nicht Lust habe, mich auf Befehl über das Wunder der Blumen zu wundern, kann ich doch nicht anders, als den Herrn Direktor achten dafür, dass er sich so entschlossen von seiner ewigen Ewigkeit ab- und den kleinen Dingen zuwendet: Warum, warum nur, frage ich. Warum, warum nur sind die Blumen so wunderbar …

Man muss nicht alles wissen wollen, höre ich da Fritzi schreien; draussen auf dem Flur zankt sie sich mit jemandem, der keinen Laut von sich gibt, so sehr hat sie ihn oder sie eingeschüchtert mit ihrem Zorn. Wer immer oder warum das war: Fritzi kommt zu mir herein, grüsst mich nicht, reisst mir die Decke herunter, heisst mich aufstehen und fängt an, mein Bett zu machen. Was sie, wie ich bereits erwähnt habe, nur noch für mich tut. In den anderen Zimmern ist Maureen für die Ordnung zuständig. Allerdings nicht die Maureen, die ich erfunden habe. Die habe ich, weil sie in den veränderten Verhältnissen während und nach dem Putschversuch von Frau Klemm nicht mehr glaubhaft war, mit Bedauern verabschieden müssen. Die, die wir jetzt haben, ist also eine andere, die auch so heisst, wenn sie auch anders aussieht, zum Beispiel keine roten Haare hat wie die, die ich aus meinen Erinnerungen an Irland ins Heute, das freilich schon wieder ein Gestern ist, herübergeholt habe als Gespielin für Max. Die zur Zeit heutige Maureen hat man, davon bin ich überzeugt, abgesehen davon, dass sie unbestreitbar ihre Qualitäten hat, nur angestellt, weil ihr Name schon in aller Munde war, so dass sie, obwohl neu, uns allen doch nicht wirklich neu schien. Das ist ein unschätzbarer Vorteil. Denn wenn auch der Herr Direktor als ein Wieder- um nicht zu sagen Neugeborener sein Amt verwaltet wie nie zuvor, tut man sich doch im Haus der Ruhe nach wie vor mit Neuerungen schwer. Was mich jetzt aber vor allem beschäftigt, ist nicht Maureen die erste oder die zweite, sondern Fritzis bald überhelle, bald unerträglich finstere Verfassung. Wem hat sie zugeschrieen, was ich sie, ohne dass ich verstanden hätte, worum es ging, habe schreien hören? Was soll man alles nicht wissen wollen? Was ist wissen? Wer ist man? Was ist alles? Seit einiger Zeit habe ich beobachtet, dass ich, statt dass ich mit meinen Fragen bei der Sache bleiben würde, immer gleich zum Allgemeinen durchstossen muss. So geht es mir auch jetzt, wo ich ergründen möchte, was mit Fritzi los ist. Bevor ich sie auch nur halbwegs zuende gedacht habe, münden meine Fragen auch schon in die grosse Unwissenheit über alles und jedes ein; ohne dass sie auch nur das Geringste von Fritzis Privatleben erfasst hätten. Immer öfter gerate ich so in ein Gebiet, in dem keine Frage je das Dickicht lichten, keine Antwort die Finsternis erhellen kann. Es bleiben mir Fragen wie die über das Wunder der Blumen, die sich von Anfang an als unerschöpfliche zu erkennen geben und somit nicht auf eine Antwort aus sind, sondern auf die sanfte Eroberung eines Kelch um Kelch sich öffnenden, grenzenlosen Raums.

Nicht nur über die Blumen will der Herr Direktor, dass wir uns wundern, sondern auch über Vogelfedern, Kieselsteine, Wassertropfen und dergleichen. Immer noch kann ich nicht genug darüber staunen, dass er derart die grossen Worte verlernt und gelernt hat, sich an das zu halten, was auf der Hand liegt und sich nur der geduldigsten Betrachtung als Wunder zeigt. Ich vermute, sein neu erworbener Sinn für diese armen Dinge könnte davon herrühren, dass er, als er weg und schlimmer als krank war, nichts anderes zu seiner Unterhaltung hatte. Dass er, obwohl es die ausdrückliche Erwähnung der Vogelfedern nicht schlüssig beweist, wie schon gesagt vielleicht im Hühnerstall gefangen sass – unter dem durchlöcherten Blechdach auch tagsüber beinahe im Finstern im Dreck, stelle ich mir vor, oder es hatte ihn Frau Klemm in den Keller gesperrt, wo es nach Moder und nach Kartoffeln roch, und über die Wand, die er mit klammen Fingern umsonst nach einer Öffnung absuchte, rann Wasser … Wie und wo immer der Herr Direktor, als er weg und schlimmer als krank war, seine Zeit zugebracht hat – möglich ist auch, dass er zwecks Entzug im Spital war oder zur Erholung am

Meer oder, und das ist die Lösung des Rätsels, die mir am besten gefällt, im Zimmer von Frau Klemm, und wenn jemand kam, musste er in den Schrank; den Erfahrungen, die er dort gemacht hat, wo er war und sich, ob zu recht oder nicht ist egal, dem Tod nahe glaubte, – diesen Erfahrungen verdanken wir es, dass er sich gemausert und seine Flausen abgestossen hat. Er ist bei all den Entbehrungen schlanker geworden nicht nur am Körper, sondern auch und vor allem im Geist. Auch wenn er nicht mehr so grossartig auftreten kann wie früher und neuen Gästen nicht mehr den gleichen überwältigenden Eindruck macht, halte ich seine Wandlung für einen Gewinn. Ich könnte mir denken, dass er in seiner neuen Bescheidenheit auch schon beinahe für unsere kleinen Alltagssorgen ein Ohr haben könnte, wenn ich auch aus Angst vor einer Enttäuschung die Probe noch nicht gemacht habe. Fritzi allerdings hat zu dieser Veränderung nichts zu sagen gehabt als: Er ist alt geworden. Das hat mich betrübt, obwohl ich weiss, dass ich nicht länger darauf zählen darf, mich mit denen verständigen zu können, die mitten im Leben stehen. Greise und Kinder dagegen: – es ist nicht, wie man gern sagt, der Mangel an Verstand, der uns einander annähert, sondern dass wir noch und bereits wieder am Rand unserer Zeit wohnen. Dort weht der Wind hinter dem Wind, der nirgends ein Ende hat und nirgends beginnt.

Ich staune, sagte meine Mutter, als sie starb. Sie lag auf einem Totenbett, das mit einer buntgescheckten Decke bedeckt war. Darauf ging sie manchmal, als spiele sie Klavier, mit allen zehn Fingern spazieren; nachdenklich von einem roten Fleck zu einem grünen und dann der Naht entlang bis zum Rand. Sie trug nicht nur ihre Perücke, sondern auch ihren Schmuck. Der war viel zu schwer für ihre dünnen Arme, Hände, ihren mageren Hals, hatte aber seinen Sinn darin, dass er zur Abwehr der Geister taugte. Die griffen sie in jenen letzten Tagen, wie ihren unruhigen Abwehrbewegungen anzusehen war, von allen Seiten an. Meistens kamen sie zum Fenster herein, durch das Tag und Nacht der Himmel ins Zimmer blickte. Der war ihr zum Fürchten: So leer, sagte sie einmal. Man könnte hineinfallen. Grundlos, sagte sie. Das war ihr schlimmer als alles Erdenkliche. Nicht wissen warum und nie ankommen: So fiel sie in die Tiefe, seit sie hier war. Das hörte nicht auf. Tief unter dem Fenster, in dem nur dann und wann eine Wolke stand oder nachts, im Dunst der trüben Luft, der rötliche Widerschein der Lichter, lag – unsichtbar für sie – die Stadt. Es brennt, sagte sie, wenn es ihr gerade einfiel. Dann schaute ich in ihrem Auftrag hinaus, um nachzusehen, ob die Stadt, oder vielleicht war auch die ganze Welt gemeint, noch da sei. Wenn ich sagte, ja, sagte sie, du lügst. Wenn ich sagte nein, sagte sie, so dumm bin ich nicht, dass ich dir das glaube. So ging es. Indem wir gingen, verging unter unseren Schritten die Zeit. Manchmal geschah es, dass sie für eine kleine Weile aufmerksam irgendwo hinblickte. Das war nicht, wie die Schwester sich bemüssigt fühlte, mir mitzuteilen, etwas, das sie sah und wir nicht, sondern nur zum Beispiel das Wasserglas auf ihrem Nachttisch oder ein Knopf an ihrem Hemd. Neu wie nie gesehen allerdings. Diese oder jene Kleinigkeit eine Entdeckung, wie ein bis anhin unbekannter Kontinent. Dass sie nachhaltig ins Staunen hinein und aus ihm nicht wieder herauskam, geschah, als der Reihe nach Ada, Zett und Jimmy an ihr Bett traten – Blau war schon tot: Dass wir alle da waren, war das Unglaubliche. Dass wir alle für einmal einig waren, wenn auch nur darin, dass wir nicht wussten, was wir sagen sollten; dass wir zwar wussten, dass wir um jeden Preis etwas sagen mussten, weil wir die leere Luft nicht ertrugen, die im Raum lag, gerade darum uns aber nicht darüber hinwegtäuschen konnten, dass es nichts zu sagen gab. Kein Sterbenswörtchen: Das kommt vom Tod, sagte mir die Schwester, als ich aus dem Zimmer ging, weil ich musste, wie ich ihr sagte, als sie mir sagte, es sei jetzt wohl gleich vorbei. Und es war auch richtig, dass ich musste, nur war das Müssen nicht das, was sie meinen sollte, dass es sei, sondern nichts anderes, als dass ich nicht länger das Lachen hätte unterdrücken können. Durchaus nicht, weil mir zum Lachen war. Weil ich es aber auch draussen, das heisst drinnen am bewussten Ort, nicht aushielt, weil ich dachte, es könnte jeden Augenblick vorbei gewesen sein, musste ich auch wieder dringend diesmal ins Zimmer hinein, wo sich inzwischen nichts verändert hatte. Wo die Familie, weil nicht genug Stühle da waren, teils auf dem Bett sass, teils an der Wand stand, und wo meine Mutter immer noch staunte, mit grossen Augen zum Fenster hinüberblickte.

Als ich ihr eine Rose zum Riechen gab, runzelte sie die Stirn. Die andern waren weggegangen. Sie hat Schmerzen, sagte die Schwester. Von der Rose? fragte ich und setzte sie in die Wasserflasche. Die Schwester, die am Kopfende des Bettes stand wie im Märchen, wenns zum Schlimmsten kommt, der Gevatter Tod, ging nicht auf meine Frage ein. Ich begriff auch gleich, dass es hier nichts mehr zu fragen gab. Die Stirn meiner Mutter glättete sich wieder. Das war bereits kein Zeichen mehr. Ich hielt den Atem an. Das brachte den Gang der Dinge zum Stillstand. Das Zimmer, in dem ich Wache hielt, ging in sich. Auf dem Flur und draussen vor dem Fenster rauschte die Zeit vorüber. Dann ging die Tür auf. Der Arzt. Das Rauschen brach über uns herein und nahm uns mit.

Die Tulpen dort drüben, stell sie weg, sage ich zu Fritzi. Die lässt die Tulpen stehen, wo sie sind, obwohl die Blütenblätter bereits abfallen. Wie ich sie nun, unbotmässig wie sie ist, genauer ins Auge fasse, sehe ich, dass sie nicht nur Fritzi ist, sondern – ein Herz und eine Seele – zugleich auch Jimmy; nicht gleichzeitig, sondern so, dass ständig die eine in den andern übergeht und umgekehrt. Nur der Kern, von dem die beiden ausgehen, bleibt sich – einmal Schürze und einmal Jimmys Galauniform – gleich; weiss in weiss auf weiss. Der immerhin beunruhigende Anblick überrascht mich nicht. Wenn es auch noch nie so krass war wie eben jetzt, habe ich mich in letzter Zeit doch häufig dabei ertappt, dass ich die Dinge nicht mehr sah, wie sie sonst waren. Als ich zum Beispiel kürzlich durch den Garten ging, kam einer der Bäume auf mich zu und fragte mich, wie spät es sei. Es ist noch nicht Zeit, sagte ich ihm und ging weiter. Da besann er sich wieder darauf, dass er Wurzeln hatte, und blieb stehen, wo er war. Mitten im Weg. Wie mich nun aus Fritzis Gesicht heraus bald Jimmy anblickt und bald wieder nicht, sage ich auch ihm, respektive ihr, dass es noch nicht Zeit sei. Mich sterben zu sehen, meine ich. Warum sonst wäre er hier oder sie und ständen sie, bald sie, bald wieder er, an meinem Bett? Es fehlte dann nur noch Ada, die es sich aber, wie ich höre, gerade in Budapest wohl sein lässt, wenn sie nicht bereits nach Triest weitergereist ist, und die Familie wäre komplett. Wie ich mich ausdauernd weigere, mir auch nur anmerken zu lassen, dass ich bemerkt habe, dass die, die an meinem Bett steht, auch ein er ist, tritt Jimmy, als möchte er die Welt wieder in Odnung bringen, für einen Augenblick hinter Fritzi zurück. Die teilt mir nun in aller Form mit, was eigentlich, so, wie Jimmy in seiner Uniform dasteht, für sich selber sprechen müsste: Er ist Kapitän geworden, sagt sie, und er, der für sich selber spricht, indem er nichts als dasteht, nickt. Wie ich dann aber mit einer entsprechenden Mimik zu erkennen gebe, dass ich weder meinen Augen trauen, noch Fritzis Worten glauben will, zeigen mir sie oder er drei goldene Streifen an ihrem oder seinem Ärmel. Ich frage darauf, und damit tue ich mein Bestes, Jimmy, der auch Fritzi sein kann oder umgekehrt, ob er jetzt beim Zirkus sei oder sie? Als Nummerngirl oder beim Orchester, schlage ich vor. Damit komme ich aber weder beim einen noch bei der andern an. Obwohl für Jimmy, als er noch klein war, der Zirkus das höchste war, ist er beleidigt. Und Fritzi auch, was mich noch mehr erstaunt. Denn ich habe sie vor ein paar Tagen, als ich noch spät am Abend auf dem Flur auf- und abging, gesehen, wie sie in den Ausgang ging: Da rauchte sie eine Zigarette, und ihre Haare hingen ihr offen bis zur Kniekehle hinab. Als ob sie sich gleich mit Kopf nach unten ans Trapez hängen wolle, sah sie da aus, mit der Zigarette das Netz in Brand setzen und dann durch die Flammen fallen bis zum Grund. Nun, sage ich mir und nötige mich damit zur Nachsicht, da war sie nicht im Dienst und

Jimmy, dem zuliebe sie sich sonst bemüht, derartige Exzesse zu vermeiden, war ausser Sicht. Irgendwo. Jetzt, wo sie sich endlich wieder gefunden haben und wo sie mit ihrem Geliebten, wie es die Bibel fordert, ein Leib ist, meint sie es ernst. Nicht nur drei goldene Streifen am Ärmel hat Jimmy vorzuzeigen, falls es Jimmy ist und nicht Fritzi, sehe ich jetzt, sondern auch drei goldene Sterne am Kragen. Und wenn die auch nicht leuchten, wie ich es von Sternen erwarte, nämlich eisig funkelnd in der kalten Nacht, sondern bestenfalls wie Messingknöpfe, die, ungeputzt und matt wie die hier sind, keinem Schiff, das sich nachts nach ihnen richten möchte, den Weg zeigen könnten, sind sie doch Himmelskörper. So wird wohl von mir verlangt, dass ich das Gold, mit dem sich Fritzi oder Jimmy oder wer immer so üppig behängen, als eine Art Abglanz des himmlischen Lichts verehre. Denn dass nicht Jimmy der Kapitän ist, sondern der, der es schon immer war, ist seit dem Beginn dieser seltsamen Kapitänsposse, mit der mich Jimmy und Fritzi immerhin einigermassen passabel unterhalten, wenn nicht offensichtlich, so doch ohrenfällig geworden: der Kapitän wohnt, seit Frau Klemm abgetreten ist, wieder gleich nebenan und hört eben jetzt wie auch sonst oft Radio, wozu er, heute in Begleitung von Bessie Smith, laut und falsch singt. Da ich nicht hoffen darf, dass ich mich in dieser verworrenen Lage je werde zurechtfinden können, komme ich wieder auf mein ursprüngliches, weiss Gott harmloses Anliegen zurück und bitte den einen oder die andere oder beide zugleich, die Tulpen endlich wegzustellen oder besser noch wegzuwerfen. Bitte, sage ich zu Jimmy, der Fritzi ist, und gleich auch zu ihr, die eigentlich er ist, wie er sich immer noch nicht rührt. Oder sie. Jetzt, sage ich und meine, was ich sage. Da tritt Jimmy näher an mein Bett heran, und Fritzi, die eben noch stand, wo er stand, ist nun sein Schatten. Beide stehen sie ratlos da. Wenn er will, will sie nicht und umgekehrt. Oder sie wollen beide und sind sich im Weg. Oder sie wollen beide nicht und wissen nicht wohin mit sich in dieser aussichtslosen Lage: Dass das kein gutes Omen ist für eine Ehe, kann jede und jeder sehen. Ich rate euch, dass ihr euch das noch einmal überlegt, sage ich denn auch unerschrocken, obwohl ich mich sonst mit gutem Rat rar mache. Wenn es nicht schon zu spät ist? frage ich und blicke von ihr zu ihm und von ihm zu ihr, bis Fritzi zur Tür hereinkommt, um mir gute Nacht zu wünschen. Zu spät wofür? fragt sie. Und ich sage ihr: Hab dich nicht so!, obwohl sie, wie ich zu meinem Ärger zugeben muss, die Ruhe in Person ist. Sie zuckt mit den Schultern und will gehen. Ich will, dass sie bleibt:

Mach das Fenster auf, sage ich. Nicht weil mir daran läge zu frieren, sondern weil ich weiss, dass das zwangsläufig zu einer Auseinandersetzung führt, die ich jeweils vor dem Lichterlöschen, obwohl ich genau weiss, dass ich nicht gewinnen kann, in Gang setze und in die Länge ziehe, solang es geht. Bitte sehr! sagt da aber Fritzi, öffnet das Fenster und geht. Ich bin empört. Nicht nur behandelt sie mich wie ein kleines Kind, das, so nahe immer in anderer Hinsicht die Kinder den Greisen stehen mögen, doch bei weitem nicht die gleiche Schonung braucht und verdient wie ich. Sondern es ist auch, was sie eben getan hat, glatter Mord. Wer weiss nicht, dass man mit kalter Luft und der aus ihr unfehlbar resultierenden Lungenentzündung das Sterben beschleunigen kann. Draussen schneits. Morgen früh wird auf meinem Bett Schnee liegen und ich, steif gefroren, jenseits aller Rettungsmassnahmen wie heisses Bad und so fort: Weil ich das doch nicht einmal meinem Trotz zuliebe mit mir geschehen lassen will, drücke ich auf die Klingel. Erfolglos. Dann schreie ich, telefoniere ich, drehe ich das Radio auf so laut es geht, und ich weiss nicht was noch, und wie auch das nichts nützt, stehe ich auf und schliesse das Fenster. Eigenhändig. Was ich sehr gut kann, wie alles andere, was wirklich nötig ist, auch. Nur will ich nicht, denn wozu bezahle ich hier für die Pflege, dass man das weiss. Es hat bereits hereingeschneit; auf die Tulpen, die zwar immer noch im Zimmer, aber wenigstens weiter weg vom Bett auf dem Fenstersims stehen, und auf die Heizung, von der das Wasser, sofern es nicht gleich verdampft, auf die Dielen tropft. Wie bin ich so weit ins Elend gekommen, und es fing doch alles so gut an mit den Tulpen?

Im Haus gegenüber ist noch Licht. Ich rücke meinen Sessel ans Fenster, damit ich mich in ihm sonnen kann, bis es Tag wird. Wenn früher die Sonne auf meine Hände schien, ging mir die Wärme ans Herz. Jetzt ist es kühl: Ich weiss nicht, ob das am Licht liegt oder an meinem Herzen. Ich muss ihm einen Stoss geben. Sonst sucht es seine Freude anderswo und lässt mich im Stich.

9. Jenseits der Milchstrasse

Das Haus, in dem ich vor meiner Geburt wohnte, habe ich verlassen müssen, als es Zeit war. Die Zeit, in der es Zeit geworden war, war der Zeitpunkt, in dem ich in die Zeit eintrat. Anders als in Korea, wo ein Kind, und wenn es bis anhin nichts als ein Fisch im Wasser war, bereits neun Monate alt ist, wenn es zur Welt kommt, fängt bei uns die Biographie an mit der Luft und dem Licht. Was vorher war, zählt nicht, obwohl, wie es jede Mutter erfahren hat, das Wesen in ihrem Bauch sich schon Monate vor der Niederkunft energisch bemerkbar macht und sie mit Füssen tritt; auch wenn, wie es die Forschung bestätigt, jenes Wesen, das im Dunkeln wohnt, nicht nur hören, sondern auch sich zwecks späterer Verwendung merken kann, was es gehört hat. Warum wollen wir unser Vorleben nicht wahrhaben? Wie der vergessene Traum der vergangenen Nacht gehört jener im Ungefähren sich verlierende Zustand zu uns. Denke ich, und wundere mich darüber, dass es schon so früh beinahe finster geworden ist. Habe ich geträumt? Ich schaue zum Fenster hinaus. Es schneit. Die Flocken treiben, bald steigend, bald sinkend in Schleiern auf mich zu, von mir weg. Die Spuren, die Max heute früh zurückgelassen hat, als er an mein Fenster klopfte, sind kaum mehr zu sehen. Drüben beim Hühnerhof sitzt auf jedem Zaunpfahl eine Mütze: Daran erinnere ich mich, hat mir einmal ein Blinder erzählt, der in seiner Kindheit erblindete; an den verschneiten Zaun in unserem Garten und daran, dass da der Schnee so aussah, wie er mir jetzt riecht. Man sollte den Vögeln Futter streuen, kommt mir nun in den Sinn, damit sie nicht vor Hunger verstummen. Ich möchte in der Frühe ihren zunächst nur da und dort für einen Augenblick die Stille durchbrechenden, wieder abklingenden und dann allmählich hell und weit sich ausbreitenden Gesang nicht missen, denke ich, wie ich mich in den Anblick der Flocken vor meinem Fenster verliere. Den habe ich schon gehört, als ich noch in mich selber eingefaltet im Bauch meiner Mutter lag. Das weiss ich, wie man im Traum weiss, dass man träumt.

Seither ziehe ich von einer Unterkunft zur andern. Keine war mir derart knapp auf den Leib geschnitten wie die erste. Als ich draussen war, erweiterten sich meine Behälter, Käfige, Gehege von der Wiege zum Bettchen, vom Laufgitter zum Putzbalkon vor der Küche, wo der Abfalleimer stand und wo in Kisten Schnittlauch wuchs. Das alles weiss ich nicht aus eigener Erinnerung, sondern aus dem Photoalbum. Dort war auch der Eingang zum Haus meiner Grossmutter zu sehen und eine mit Moos bewachsene, von Eiben überschattete Treppe, die irgendwo in irgend einen Keller hinabführte, und die Hundehütte, vor der, angekettet, der Hund Harry lag: Das erste Haus, an das ich mich wirklich erinnern kann, war eines, das es in Wirklichkeit nicht gab. Nämlich mein Luftschloss. Das hat niemand je photographiert, denn es war, wie sein Name sagt, unsichtbar. Mindestens am hellen Tag. Sehen konnte man es nur im Dunkeln, wenn in seinen Türmen, Sälen, Ställen die Lichter angingen. Je nach Beleuchtung war dann sein Umriss so oder anders, in die Höhe ragend oder einstöckig in drei Flügeln einen Hof umschliessend. Wo ein beleuchteter Springbrunnen stand. Wo manchmal ein Wagen vorfuhr und der Kutscher sprang, eine Laterne in der Hand, vom Bock und riss den Schlag auf. Wo, als sich dann die Türe öffnete, dem Besuch Musik und helles Licht entgegenwehte: Irgendetwas. Es war hier alles möglich, wenn es nur Nacht war, und ich sass im Finstern in meinem Zimmer und blickte auf die Lichter am andern Ufer des Flusses hinüber. Richtig. Die erste Wohnung, an die ich mich aus eigener Anschauung erinnere, war in einem Haus, das nah am Fluss stand. Und dann. Aber wenn ich mich jetzt, wie ich es vorhatte, meiner Biographie versichern soll, indem ich eine nach der andern die Behausungen aufzähle, die ich in meinem Leben für kürzere oder längere Zeit bewohnt habe, wird es mir zuviel. Je nach Zählung waren es siebenundzwanzig oder dreiundfünfzig,

– je nachdem, ob man nur die Wohnungen mit Küche einbezog oder auch die zahlreichen kurz- oder längerfristigen, mehr oder weniger abgewohnten Hotel- oder Untermietezimmer. All die Tapeten, Anstriche, Backsteinmauern, die ich angestarrt habe, wenn mir nichts Besseres einfiel. Die Haustüren, die Briefkästen im Eingang: schon da wusste man je nach Anzahl der Kästen und der Namen pro Kasten – nicht zu vergessen der Zustand des ganzen –, was dann kam. Die Entwicklung von schlimm zu besser verlief im Zickzack. Dann und wann in grossen Sprüngen von einem Kontinent zum andern. Einmal in einem Seitensprung zu einer Insel, wo der Auslauf nicht ganz so beschränkt war wie seinerzeit im Laufgitter, aber immerhin. Ohne Boot kam man nicht weit, und im Hausboot lebte ich mit Blau nicht dort, sondern an einem Fluss – nicht der Fluss meiner Kindheit –, wo es, Tag und Nacht von unserem Hund bewacht, mitsamt den Oleandersträuchern in Kübeln, die aus seinem Deck einen Garten machen sollten, am Ufer vertäut war. Bei Hochwasser musste man über eine schmale Planke an Land gehen: So und anders habe ich gelebt; mit, ohne Mann, Kind, Hund, Sonne vor dem Fenster und Lärm in der oberen Etage. Wenn ich hier auf meinem Sessel sitze, ist es nach überallhin gleich weit. Es genügt, dass ich daran denke, und ich bin, wo ich will.

Auch das Haus der Ruhe ist nicht das Ende: Dass darauf Verlass ist, habe ich mir im Traum einfallen lassen, als ich dort an eine Wand stiess. Es ging dann gleich ein Durchgang auf, der sich bei näherer Betrachtung zu einem Grenzbahnhof auswuchs. Dort musste die Bahn zwar anhalten, aber nach den nötigen Formalitäten ging die Fahrt rascher als zuvor. Wohin? Darüber, und das gilt auch ausserhalb meines Traums, sind die Meinungen geteilt. Weil das so ist, bemühe ich mich, in dieser Sache eine Meinung zu vermeiden. Meinungen sind Scheuklappen: das kann nützlich sein, wenn man in nützlicher Frist einen bestimmten Weg zurücklegen soll. Hier, wo die Reise ins Unendliche geht, fährt man besser, wenn die Sicht nach allen Seiten frei ist, wenn wir es auch kaum soweit bringen werden, dass wir gleichzeitig in alle Richtungen blicken können: Wie Argus, sagte der Däne, der seine Beispiele oft aus den entlegensten Gegenden holt. Er sprach damals noch. Der hatte am ganzen Körper Augen, erzählte er mir und sprach dann auch davon, dass eine Existenz, in der man buchstäblich ganz Auge war, vielleicht unsere Zukunft sein könnte. Das schien mir nicht unwahrscheinlich, nachdem mich der, der mit mir an der Schwelle des Traums stand, mit seinem scharfen Blick überrascht und sogar erschreckt hatte. Hingerissen, wie ich ihn nie gesehen hatte und nie gesehen habe seit dann: Argus, sagte der Däne ferner, wenn nicht gerade von Kopf bis Fuss eine Welle Schlaf über ihn hinwegging und seine Augen schloss, durchschaute er mit einem Blick die Welt bis zum Grund. Und ich, als sei jene Zukunft schon eingetreten, das Gemüt des Dänen bis zum letzten, längst vergessenen Wunsch: Was ich ihm aber nicht sagte. Durchschaut werden lieben auch die nicht, die nichts zu verbergen haben. Es nimmt ihnen ihre Heimat in sich selbst. Darum sage ich auch Fritzi nicht, dass ich weiss, was sie in sich hat: Nichts mehr übrig für Jimmy. Sonst aber allerlei.

Wenn es hier zuende geht, werden wir in die Häuser des Himmels übersiedeln, sagt der Herr Direktor. Wir können mit diesem Satz, wie mit allen andern, die er uns zu bedenken gibt, anfangen, was wir wollen, wenn wir ihn nur immer wieder laut vor uns hersagen, wenn wir ihn uns zu eigen machen. Das ist die Spielregel, die sich der Herr Direktor für unsere Morgenandacht ausgedacht hat. Die man eigentlich kaum mehr eine Andacht nennen kann. Eher schon eine Ertüchtigung. Denn seine Sätze werden von Tag zu Tag kühner. Wenn er damit auch noch nicht an die Fernen heranreicht, die mir der Däne mit seinen Würfen eröffnet hat, übertrifft er doch mit seinem Entwurf einer himmlischen Landschaft bei weitem sich selbst. Sie haben kein Dach, sage ich, wie ich mir nun zwecks Versenkung in meinen Gegenstand jene fernen Behausungen vor Augen führe. In den offenen Giebeln hängen kopfüber, als wären sie Fledermäuse, in ihre sechs Flügel eingefaltet die Seraphim, die Todesengel, die die Sterbenden von ihrem letzten Atemzug zu ihrer ersten Ahnung eines andern Lebens hinüberretten. Wobei ich freilich das Wort Leben wie auch das Wort Ahnung und eigentlich überhaupt jedes Wort vermeiden müsste, wie mir der Däne, der mir immer den einen, entscheidenden Schritt voraus ist, mit seinem Schweigen beigebracht hat. Denn es fallen dort die Namen, die wir kennen, von den Dingen ab, und die Dinge selber sind anders als irgend etwas von all dem, was uns je ein Ding war.

Dort wohnen auch die Sternbilder, hat der Herr Direktor gesagt, als uns heute früh der Lautsprecher geweckt hat. Dort heisst hier nicht, wo man mit dem Finger hinzeigen kann, sondern es meint im Gegenteil einen Ort, wo nie ein Finger auch nur von ferne an etwas heranreicht: an die Sterne, an die Schleier, die Wirbel aus Sternen und alles, was dazwischen ist. Nämlich nichts. Man fühlt sich sehr einsam, wenn man in einer klaren Nacht, den Kopf im Nacken, in den Himmel blickt. Haben wohl darum, in der Art einer behutsam sich vorantastenden Erkundung des Unergründlichen, unsere Vorfahren mit jenen Wesen den Himmel bevölkert, indem sie von einem Stern zum andern Linien zogen, bis eine Figur entstand, die einer, die man schon kannte, ähnlich sah? So kam in einer eisigen Winternacht der Orion mit seinen Hunden zum Vorschein. Die beiden Bären hoben sich aus der Wirrnis der Lichtpunkte heraus, die Schlange, der Schwan. So lieb mir aber sonst Tiere sind, mit jenen himmlischen habe ich mich nie befreunden können; nicht als ich sie zum ersten Mal unter geduldiger Anleitung vom Himmel ablas, und erst recht nicht später, als mir aufging, wie weit ihre Umrisse um sich greifen. Dass vielleicht der Kopf des Drachen um Lichtjahre weiter von uns entfernt ist als sein Schweif; dass jederzeit ein Hagel von Sternschnuppen den Löwen durchlöchern, ein Komet den Skorpion erschiessen kann: wenn man das erst einmal zur Kenntnis genommen hat, zerbrechen die wunderbaren Gestalten. Es kann dann sein, dass die Bären – was nicht in ihrer Natur liegt – zu Wagen werden oder dass, und das ist die Regel, die Bilder zu Zeichen, die sich von hier aus nicht lesen lassen. Wenn man den Sternbildern auf den Grund geht, verliert man sich im Grundlosen. Oder, wie man auch sagen kann:

Über ihnen öffnet sich der leere Raum. Leer heisst: Er hat keine Luft und kein Licht. Er hat nichts als Schwärze, und die hat er auch nicht. Es sieht lediglich so aus, weil in ihm nichts ist, das das Licht fängt. Das heisst, er ist nichts und doch etwas. In dieser seiner Eigenschaft, die zugleich keine ist, füllt er sich mit Angst. Die gedeiht dort besser als irgendwo sonst, weil es nicht nur, wie man so sagt, sondern wirklich nichts gibt, woran man sich halten kann. Auch nicht die diesseitigste Zufriedenheit hält jenem Sog ins Unabsehbare stand: Schon als Kind habe ich es nicht lassen können, den Horizont ins Auge zu fassen, wenn wir über Land gingen. Und wenn wir dann dort angekommen waren – meistens war das ein Hügel –, den nächsten Horizont und dann noch einen; ein Rand kam nach dem andern und war das Ende, und wenn man dann dort war, war das Ende der Anfang und am Ende des Ausblicks stand ein neues Ende, das seinerseits wieder zu einem Anfang werden würde. Meistens war das ein Hügel. Manchmal eine Stadt oder ein Wald.

Wo immer er aufhört, fängt er auch gleich wieder an, sagte ich denn auch, als ich dem Horizont auf die Schliche kam und meinte den Raum vor meinen Augen. Auf diese Erfahrung war ich bereits vorbereitet durch ein Kinderbuch, aus dem meine Mutter mir vorlas und vorher ihre Mutter ihr. Das Bild, das wir boten: Mutter und Tochter beim Lesen, die Mutter, die auf einem bequemen Sessel sass, die Tochter, an den Sessel angelehnt, hinter ihr stehend, damit sie auch ins Buch sehen konnte, war auch auf dem Deckel des Buches zu sehen, und auf dem Bild, das auf dem Deckel des Buches im Bild war, ebenso und so fort, bis Buch und Bild in eins und mit dem Fluchtpunkt zusammenfielen. Was aber nicht hiess, überlegte ich mir schon bald, wenn auch vorsichtshalber still für mich, dass es damit auch wirklich zu Ende war. Wenn jemand bessere Augen hatte als ich, wenn man ins Innere der Flucht der Lesezimmer eintrat und von einem zum andern ging, wenn man sich von Stufe zu Stufe weiter auf den Abgrund einliess und kam ihm nie auf den Grund: Buch um Buch konnten von einem Augenblick zum andern die Bücher ins Bodenlose stürzen, fing ich dann an zu befürchten, und wir mitsamt dem Teppich unter unseren Füssen mit. Und wer konnte sicher wissen, ob das nicht eben jetzt tatsächlich geschehen war und wir fielen und fielen und wussten es nicht. Wenn ich mit meinen Überlegungen hier angelangt war, meldete sich auch immer die Hoffnung, es könnte von dem lieben Gott, den ich aus einem andern Buch kannte, und von dem man sagte, dass er aus Versehen keinen Spatz vom Himmel fallen liess, sondern nur allenfalls nach seinem göttlichen Plan, auch dieser Fall vorgesehen sein und in der Ordnung der Dinge seinen Platz haben: Wer hält das Buch, auf dem wir abgebildet sind? fragte ich da meine Mutter. Die sagte, frag nicht so viel, und las weiter. Ging es über uns ins immer Grössere hinein genau gleich weiter von Buch zu Buch wie unter uns ins immer Kleinere? war dann mein neuer Kummer. Werden die Bücher, die Mütter, die Töchter genau so, wie sie immer kleiner werden, auch immer grösser? Wenn diese Riesinnen uns dann vielleicht gerade noch auf dem letzten der in Winzigkeit verschwindenden Bilder andeutungsweise erkennen können, und auch das nur, weil sie nach all den Wiederholungen ein und desselben Bildes wissen, was sie zu erwarten haben: Wissen sie dann, dass es uns wirklich gibt, oder halten sie uns für Fliegendreck und damit für beinahe nichts? Interessant ist, dass Ada, der ich das Buch, das zugleich mein liebstes und mein schaurigstes gewesen war trotz berechtigter Zweifel, ob es ihr gefallen würde, nicht vorenthalten wollte, ganz andere Fragen hatte; solche, die im Gegensatz zu meinen von der Oberfläche aus nicht in die Tiefe, sondern in die Breite gingen. Warum tragen die auf dem Bild so seltsame Kleider? wollte sie als erstes wissen. Dann: Was geschieht, wenn die Mutter das Buch weglegt und die Tochter muss ins Bett und die Mutter zieht sich schön an und geht aus? Sind die beiden dann in verschiedenen Büchern? Ist dann das Buch mit dem Kind im Bett ein Kinderbuch und das andere ein Roman? Wenn die beiden einmal in zwei Büchern sind, kommen sie dann später wieder zusammen oder haben sich damit ein für alle Mal ihre Wege getrennt? Kann ich gleich in den Roman einsteigen und du leihst mir deine Kleider und das Kinderbuch legen wir weg? Den Abgrund, der unter und über ihr von einem zum andern ins Unendliche ging, beachtete sie nicht, und als ich sie darauf hinwies, sagte sie, das ist wie im Theater. Dort ist es vom Schloss bis zu den sieben Bergen soweit wie von hier zum ewigen Schnee, und wenn man sich dann auf den Weg macht, kann man keine zwei Schritte machen und man ist schon da. Womit Ada schon zur Zeit ihrer kurzen Karriere auf der Märchenbühne bewiesen hatte, dass ihr gegeben war, was man den gesunden Menschenverstand nennt. Ihm zum Trotz ist es aber dennoch wahr, dass letztlich nichts so ist, wie er es in aller Unschuld für wahr hält. Ob wir damit einverstanden sind oder nicht: Der Raum im Raum im Raum stürzt da und dort und überall hin in sich zusammen, verliert, erholt sich rechtsumkehrt, entfaltet, bläht und vermehrt sich. Auch wenn das, was mir mein Buch der Bücher vorgeführt hat, nicht wahr ist, zeigt es doch genau, was ist.

Mir wird schwindlig, wenn ich daran denke. Ob auch nur meinen vier Wänden zu trauen ist? Eigentlich sind es sechs. Denn wer sagt mir verlässlich, was oben, was unten, was rechts und links und hinten und vorn ist? Ich habe vor ein paar Tagen einmal den Stuhl auf den Tisch gestellt in der Absicht, das Kruzifix und den Spiegel an die Decke zu nageln und damit die Decke zur Wand zu machen. Was dazu geführt hätte, dass mir eine meiner Wände zum Fussboden und eine andere zur Decke geworden wäre. Als ich dann aber auf dem Tisch stand, hatte ich vergessen, das Kruzifix und den Spiegel mitzunehmen. Hammer und Nägel hatte ich auch nicht, und ich sah auch erst jetzt, wie schwierig, um nicht zu sagen unmöglich es war, einen flachen Gegenstand auf einer gewölbten Unterlage, und das ist die Decke meiner kapellenartigen Zelle in einem hohen Grad, verlässlich zu befestigen. Da gab ich es auf. Hingegen gebe ich es nicht auf, und das ist schon, seit ich hier angekommen bin, eine meiner dringenderen Sorgen, mich zu fragen, ob die Wände meiner Zelle, rissig wie sie sind, mich auf die Dauer davor schützen können, dass ich aus den Fugen gehe, wobei die Dauer und mit ihr die Dringlichkeit des Problems freilich von Tag zu Tag abnimmt. Oder: Oft schon ist mir eingefallen, dass ich selber meine Wände bin, nicht vier oder sechs, sondern nur eine einzige, das heisst, eine in zahlreichen Aus- und Einbuchtungen auf sich selber zurückgebogene Wand, die man ebensogut meine Haut nennen könnte, und ich bin drin. Was soviel heisst wie: mein Körper ist ein Sack, und der hat Löcher, und was drin ist, rinnt zuerst in einem schwachen Rinnsal und schliesslich ganz und gar in die freie Luft, und dort bläst es der Wind vor sich her; zuerst als Wolke, dann als dünnen blauen Rauch. Oder ich bin der Geist im Glas oder ich bin das Glas – mit Stöpsel –, in dem mein Geist drin ist, und dann zerbricht es, oder ich vergesse, den Stöpsel zu schliessen, wenn ich wieder einmal am Riechfläschchen meiner nicht immer heilsamen Einfälle gerochen habe, und der Geist ist weg wie nichts. Was ist daran so schlimm? höre ich Blau fragen. Der nach wie vor tot ist, und ich bin, wohlverstanden, noch nicht, wo er ist, sondern nur unterwegs dorthin, und auch das ist nichts Besonderes, denn das, nämlich unterwegs auf meinen Tod hin, bin ich schon seit meiner Geburt. Vergesslich wie du bist, sagt Blau, und ich höre ihn, als ob er bei mir sitze: Wo bist du, wenn du wieder einmal vergessen hast, wer und wo und dass du bist, und man muss dir, sehr behutsam, die Hand auf die Schulter legen und dir deinen Namen ins Ohr flüstern, sagt Blau, und dann fällst du aus den Wolken und weisst wieder, dass es dich gibt?

Wo ich nicht mehr weiterdenken will, denke ich mir das, was nicht auszudenken ist.

Das war für mich früher, als ich noch alt war, die Milchstrasse. Dass ich nicht die einzige war, die über diese spiralförmige Rutschbahn ins All fuhr, war mir schon damals klar: Nicht auszudenken war nur schon, dass sie so hoch über uns am Himmel stand, und wir, das heisst die Erde mit allem Drum und Dran, waren doch mitten in ihr drin, nichts als ein Punkt; abgesehen von all den Sprüchen von Sternen, die man nicht zählen kann, und vom Sand am Meer, mit dem man, Korn für Korn, zwar nicht annähernd gleich hoch kommt wie bei den Sternen, aber doch weiter, als alle Finger, Zehen und Zählrahmen der Menschheit als ganze seit eh und je und bis in die letzte Zukunft hinaus auszuzählen vermögen. Kürzlich habe ich mich mit dem Kapitän, mit dem ich mich manchmal treffe, wenn wir in schlaflosen Nächten zum Zeitvertreib auf dem Flur auf- und abgehen, darüber unterhalten, dass jetzt meine Ansprüche ans Unausdenkbare sehr viel bescheidener sind. Ihm war diese Erfahrung vertraut. Während er früher das, was nicht auszudenken ist, auf dem Grund des Meers gesucht hat, wo es tatsächlich von den tief unter den Schiffen aufragenden Gebirgsketten mit ihren Vulkanen und heissen Quellen, bis zu den Riesenkraken und den versunkenen Schätzen mehr als genug gibt, über das man staunen kann, genügt ihm jetzt, wie mir auch, das ganz Gewöhnliche. So haben wir einmal bis zum geht nicht mehr über die jeden Tag von neuem wegpolierten Spuren der Schritte nachgedacht, die sich über drei Jahrhunderte hinweg dem Boden unter unseren Füssen eingeschrieben haben; nicht lesbar im einzelnen, sondern nur, wenn man genau hinsieht, kaum merklich in der Vertiefung der in der Mitte mehr als am Rand abgenützten Dielen. Beinahe konnten wir sie hören, die Tritte und Fehltritte, die sich Schritt für Schritt unter unseren Schritten gekreuzt hatten. Und wie da und dort einer zur Seite wich, um vorbei gehen zu lassen, was ihm aus welchem Grund immer Respektsperson war, oder auch nur irgendwen, dem er die Ehre gab nicht weil ihn die Ehrfurcht dazu veranlasste, sondern lediglich weil es seinem Fortkommen wenn nicht gerade hier auf dem Flur, so doch sonst im Leben dienlich sein mochte. Und nun konnte ich sie auch hören, alle die Schritte; solche in Pantoffeln, andere mit Stock und Fritzis Holz- oder Stöckelschuhe. Wie von einem zart virtuosen Schlagzeuger in den Raum geworfen klang das und füllte tatsächlich das, was nicht zum Ausdenken war, bis zum äussersten und darin auch gleich wieder innersten Rand. Erinnern Sie sich, sagte da, als ob er wisse, was ich dachte, der Kapitän, wie es klang, wenn auf jener Reise in Richtung Südpol das Schiff an die Eisschollen stiess; an die unregelmässigen Schläge und dazwischen, in einem andern Takt, die dumpfen Stösse des Motors und dann und wann den schwachen Widerhall, wenn wir nahe an einen der Felsen herangerieten, die dort, oft über und über mit dem Kot der Kormorane bedeckt, so unverhofft und schroff aus dem Wasser ragten? Ja, sagte ich und blickte zur auch hier schön gewölbten Decke hinauf, wo eine ganze Reihe feinster Risse an die Erschütterungen mahnte, die das Haus der Ruhe von seiner fernsten bis zur allerjüngsten Vergangenheit erfahren hatte: Glaubten Sie sich oft nah am Tod, fragte ich ihn, wenn Sie übers Meer fuhren und, wie andere von ihrer Langeweile, umgeben waren von den nicht auszudenkenden Abgründen des Wassers unter ihren Füssen und des Himmels über Ihrem Kopf als Ihrem eigentlichen Element? Nun, sagte er, damals war ich noch nicht so furchtlos wie jetzt, wo ich, und das ist, was das Haus der Ruhe mir gebracht hat, gelernt habe, ohne Instrumente und ohne Steuerrad durch den Nebel zu fahren. Dagegen glaubte ich damals noch, was mir aber merkwürdigerweise zu keiner nachhaltigen Sicherheit verhalf, dass das Jenseits irgendwo hinter den Wolken sei; fast wie auf dem Meer sah es dort aus in der noch sehr unbeholfenen Vorstellung, die ich mir in jener Zeit davon machte. Nur dass, und das war der Wunschtraum eines Mannes, der schwerer an seiner Verantwortung trug, als er sich anmerken lassen durfte, dort die Eisberge und Felsen zur Seite wichen, wenn ein Schiff kam, das Kurs hielt auf das hin, was ich damals noch mangels Vertrauen in das, was nicht auszudenken war, das ewige Leben nannte.

Jetzt weiss ich, dass es keine Adresse hat, sagte er nach einer längeren Pause; dass es immer ist und überall, je nachdem, wie wir aus unseren Augen herausschauen, im immer Grösseren oder im immer Kleineren … Als ich nicht gleich antwortete, weil ich verblüfft war darüber, dass jemand mit dem Meer im Blick zur gleichen Sicht kommen konnte wie ich unter dem Eindruck eines Kinderbuchs, zuckte er mit den Achseln und verabschiedete sich. Unentschlossen blieb er aber noch eine Weile stehen, lehnte sich an die Tür und steckte sich eine Zigarre an. Was verboten ist, wie ich genau weiss, obwohl ich die Hausordnung, die nach wie vor in allen Zimmern ausser meinem an der Wand hängt, bekanntlich als Briefpapier missbraucht und zerrissen habe, als der Brief misslang. Aber wir waren nun beide so weit über diese Belanglosigkeiten des Lebens hinausgewachsen, dass wir uns um Verbote nicht mehr zu scheren brauchten; was im übrigen, auch wenn nicht alle meine Altersgenossen den Mut haben, danach zu handeln, einer der wenigen unzweifelhaften Vorteile des Alters ist. Es gibt soviel, das man nicht zuende bringen kann, wie sehr man sich immer bemüht, sagte der Kapitän, indem er grosse krumme Rauchkringel vor sich hinblies, dass ich mich darüber wundern muss, dass wir es doch irgendwann einmal fertig bringen, unserem Leben ein Ende zu setzen. Damit meine ich nichts Gewalttätiges, sagte er, besorgt, dass ich ihn falsch verstehen könnte. Nur dass man aufhört zu atmen, was man streng genommen schon nicht mehr in der Hand hat, und dann den Dingen ihren Lauf lässt. Und damit ist das, was nicht auszudenken ist, auch schon getan. Wir haben es nur nicht bemerkt, sagte er noch und sprach damit, als sei er nicht wichtig, einen Gedanken aus, den ich schon seit langem in mir hatte. Was mich von neuem vor die alte Frage stellt, ob wir noch leben oder, ohne dass wir es bemerkt hätten, schon gestorben sind; wenn nicht in der Tat, so doch in Wahrheit, was vielleicht noch schlimmer ist als der tatsächliche Tod.

© Literaturverlag Droschl Graz – Wien 2004

Umschlag: & Co
Layout + Satz: AD
Herstellung: Druckerei Theiss, 9431 St. Stefan

ISBN 3-85420-646-1 (Normalausgabe)
ISBN 3-85420-647-X (Vorzugsausgabe)

Literaturverlag Droschl Alberstraße 18 A-8010 Graz
www.droschl.com